密室を開ける手

藤本ひとみ

講談社

目次

密室を開ける手

KZU
KZ Upper File

序章　鍵のない密室

芝生の庭に穴を掘る。太陽は山の端に差しかかり、手元には長い影ができていた。身を起こせば、吹き上げる海風が髪の間を通り抜ける。一本一本の根元を震わせ、全体を靡《なび》かせ、体中を背後の森へと連れ去ろうとした。

ビルや家々の屋根の向こうに広がる港の波頭は既に金色に染まり、きらめき立つ光が岬を照らしている。烏《からす》が騒ぎながら点々とした影になり、山に向かっていった。

今日の夕陽は、外国帰りの父から見せられた猩々《しょうじょう》の血のようだ。それをぶちまけた空は、あの前日によく似ている。再び身を屈め、穴を掘る。

もう四つ目だった。多いといえば多いが、あの日の数には到底及ばない。あの時、街で一番生き生きしていたのは死だった。家も樹も無くなった地区で、堆《うずたか》く積まれた遺体を焼く臭いがあたりの空気を圧倒していた。それが鼻に染みついて離れないから、もう焼きたくない。埋めるだけだ。

東京からは先日、最高裁判所第二小法廷が判決を下したという電話がきた。それでも続けるのかと問われ、決まっていると答えた。今度という今度は、国の言いなりにはならない。

これまでどれほど忠実な国民であったろう。いかに真面目《まじめ》に、正しく生きようとしてきた事か。そのせいで家族や親戚、多くの同級生を失ったのだ。

誰も彼も国家に従い、国家の作った法律を守り、日本は必ず勝つと思っていた。あの日、一気に覆《くつがえ》されるまでは。その転覆の惨状に新しい価値観を塗りつけ、崇《あが》め立てて喧伝《けんでん》したのは、更なる裏切りだった。

二つの山を越えた向こうには、一瞬で掻《か》き消えた街がある。人が行き交い、子供がはしゃぎ回り、近くの山や遠くの海から様々な生き物の気配が流れ込んできていたその地区は焼失し、そこに出かけていた父や妹、甥姪、そして学んでいた同級生たちはもう帰らない。捕虜収容所分所の中尉だった兄は、謳歌される民主主義の中で、証拠もないまま絞首刑になった。戦中は捕虜に優しすぎると処罰まで受けたというのに。横浜に連行されていく時の姿が忘れられない。真っ直ぐな眼差で、母を頼むと言い置いた。

昭和二十年、戦争は終わったと宣言された。だが、もう帰らない人々をどうするのだ。戻らない時間、そのせいで結ばれなかった想いはどうなるのだ。

過去は閉ざされた部屋で、人間はそこから脱出できない。それは鍵のない密室なのだ。そこでは絶望の炎が燃え盛り、怒りを叫び立てて収まる事を知らない。

港のざわめきが引き、陽の色が滲《にじ》み、深みを帯びていく。湿った風が匂いを変え、長い影が横に広がり、あたり一帯を覆《おお》って自分の手も見えなくなった。

遺骸の隣りに、今また新しい遺骸を埋める。山に隠れる陽の最後のひと筋が心の底まで射し込み、体中を内側から輝かせた。これはあの日とは違う。いつかは未来に繫《つな》がる、希望に彩られた死なのだ。科学では証明できない事を教えてくれた。月の満ち欠けを利用するのがいいらしい。次はきっとうまくいくだろう。

第一章　黒いファイル

1

昨日、祖父が死んだ。

知らせを受けた時も、父が電話で祖母と今後の段取りを相談している時も、和典《かずのり》の心はほんの少しも動かなかった。

祖父が医師をしている間は今の家で一緒に暮らし、隠居してマンションに移ってからは毎年、盆暮れに遊びに行き、小遣いをもらったりもしていたというのにショックもなく、悲しみも感じない。そんな自分が厭《いと》わしく、誰の目からも急いで隠さなければならなかった。

きっと自分は冷血漢で、恩知らずなのだろう。そう考えるのは、体から魂が抜け出していくような気分だった。当所なく、どこか遠くに彷徨《さまよ》っていく。全身に亀裂が入りそうな輪郭だけになった体には、あらゆる音や声が響き過ぎた。その夜は部屋に閉じこもった。ほど共鳴する。何も聞く気になれず、その夜は部屋に閉じこもった。

一九三〇年にゲーデルが証明した不完全性定理の解説本を読む。次第に夢中になり、気が付いた時には朝で、今日は眠かった。頭の中に硬い芯ができている。

片手で髪を掻《か》き上げながら、もう一方の手で講堂のドアを開けた。薄暗いスロープを上がっていくと、集まっている生徒たちの姿が見えてきた。高二生約四百名のほとんどがここに来ているのではないかと思われるほど盛況で、いつもは会議室で行う進路指導説明会を講堂に変更した理由はこれらしい。

「げっ、上杉《うえすぎ》だ」

スロープを上り切ったとたん、声が上がった。空気がざわめき、強い風を受けた湖面のようにささくれ立ちながら和典を包む。

「あいつ、医学部志望だったの」

「聞いてねーって」

「でも、ここ来てるじゃんよ。ああヤベぇ」

「これで確実に一人分、門戸狭くなったな」

飛び交う囁《ささや》きを無視し、空いている長椅子を捜してその端に腰を下ろす。隣りで、あわてて閉じられた雑誌のページが風を生み、頬《ほお》を撫《な》でた。一瞬、目の隅《すみ》を掠《かす》めた表紙は、そんなもんどっかに隠しとけと言いたくなるようなあざとい代物《しろもの》だったが、ネットが隆盛を極めている昨今、紙媒体を愛する高二生は珍しい。

何組の誰なのかを確かめたかったが、慈悲の心で自分を抑え、目を向けなかった。知られたくない事は、誰にでもある。

「でも物理系行くって噂だったぜ」

「取りあえず、様子見じゃね」

「おお、数学トップの余裕か」

「そーゆーの、やめてよ。僕なんかガチだよ、マジ必死なんだから」

高二に進んだ日、志望大学についての調査用紙が配られた。その後、進路学部別の説明会が連日、開かれている。

「どこだって行ける身分じゃん。偏差値低い俺らに遠慮して、おとなしく理学部、研究職コース進もうって気にゃならんのか、あいつは」

「そーだ、人気沸騰中の医学部来るんじゃねーよ」

和典の家は代々医者で、両親も同業だった。ごく身近な職業だけに面白味がなく、同じ道を選ぼうと思ったことは今まで一度もない。ところが今日、説明会のリストの中に医学部の文字を見たとたん、足が向いたのだった。

「理学部が嫌なら、数学系でいいだろ」

「そーだよ。ダントツじゃん、そっち行けよ」

数学が好きで、研究者になってもいいと思っていた。その気持ちに変わりはないが最近、数学の幅の狭さに若干、苛立《いらだ》っている。奥は深いが、表現できる事象や広がりが少ない。それは数学の限界といってもいいものだった。確率と統計、そして論理的に正しいことだけしか表せない。

もっと幅の広いジャンル、遺伝子工学なんかどうだろう。そう考えて、マヨラナ粒子を実証した京大の物性物理学の教授に注目した事もあった。京大は、一年生でも研究室に出入りできる。大学初年度から刺激的な生活が送れそうだった。

だが大学案内を読み、断念せざるを得なくなる。副学長のコメントは、活発な議論や交流のある研究室を連想させた。和典は一人で好きな事をやりたかったし、自分にとってだけ面白ければそれでいい。皆でおもしろがろうとすると平均的なものになり、レベルが落ちると思っているからだが、そんなことを考えている人間は、京大の空気の中できっと浮くだろう。楽しげな学生たちの行き交う校内や教室で、自分の居場所が無くなっていく様子が目に見えるようだった。

地方大学も視野に入れたものの、その多くが地域色に富んでいる。地方特有の地形や気候、また特産品や地元産業に根差した研究が盛んであり、その土地の企業とも結びついて脚光を浴びていた。和典に、地元愛はない。かくて方向を見失っている。

死んだ祖父が医師だった事が心に影を落とし、ここに誘われたのだろうか。そうも思ったが、訃報を聞いても動揺すらしなかったというのに、その職業に反応しているのは理屈に合わない。あれこれと自分を問い詰めたが、はっきりとした結論は得られなかった。

「ほう、これが皆、医学部志望者か」

入ってきた進路指導担当の教師は、ドアの近くで一瞬、足を止める。

「今年も医学部熱、高いな。毎年、激増だ」

感嘆したような眼差で堂内を見回し、演壇に向かった。

「今日はこの後OBの講演会があり、医学部を目指した理由や心構え、勉学の姿勢、現状などについて話す予定だ。で、僕からはぶっちゃけ実質的な話をする。その前にひと言。医学部に行くと、学習、実習、試験という毎日が六年間続く。新専門医制度では、合計十二、三年間、試験に追われるだろう。そういう生活が嫌な奴は、医師を選ぶな。高収入だけを目的にしていると、メンタルを損ない、自分が医者通いをする羽目になる」

笑いが広がった。

「ザックリ話すから、詳しい数字や大学名はサイトからダウンロードしてくれ。本校では昨年、東大理Ⅲを含めて、八十五人が医学部に進んだ。各大学医学部のヒエラルキーは、旧帝大医学部、旧六医大医学部、旧私立大医学部、新私立大医学部の順だ。卒業後、研究に打ち込んだり、出世を目指したいなら、旧帝大の医学部がいい。開業医でもよければ、自分の力相応の大学で充分」

研究に邁進《まいしん》し、インパクトファクターの高い科学誌に論文を発表し続けて教授になり、学部長や総長の席を手に入れ、退職後は付属病院の院長、理事長、学会の会頭に収まるというのが、医学部卒業生の出世コースだった。

研究から離れて市井《しせい》に埋もれる開業医は、その最下位に位置する。母などは事あるごとにコボしていた。「パパは教授になって研究者の道を進む事ができる環境にあったのに、いくら先祖代々医者の家系だからって、あっさりそれを蹴《け》って開業医になるなんて信じられない」と。

「去年のデータでは、国公立大医学部合格者のセンター試験平均点は七九一点。このレベルだと、小さなミスが致命的になる。合格のボーダーライン前後の受験者層はかなり厚い。一点の差が幸不幸の分かれ目だ。得点力を磨くためには演習量を増やす事」

スマートフォンをタップする気配が講堂内に漂う。

「また苦手科目があるとカバーできないから、弱点を作るな。受験科目で力を入れなければならないのは、まず数学」

室内の視線が和典に集まった。どこかで溜め息も漏《も》れる。

「入試に限らず、大学の授業も数学の基礎がないと付いていけない。次は英語だ。英語は他の科目に比べて学力がそのまま反映されやすいから得点源と考えていい。単語や基本的な文法はサッサと仕上げておけ。私立を狙うなら、配点の高い理社は年内に全範囲を終える事。国公立志願者は国語、公民も手を抜くな。推薦入試を視野に入れている者は、評定平均の決まる今年の二学期まで全力を尽くせ。高二が始まったばかりのこの時期、目標を下げない事が肝心。偏差値や科目数で楽な方に流れると、まず上がってこられない。具体的には、どこの大学に行くかを決め、そのためにどうするかを考えて実行する事。大学を知るためには、各大学のサイトの他、模擬授業を受ける、オープンキャンパスに参加する、京大志望者なら最先端科学の体験講座を申し込んでもいいだろう。日本の将来に不安を感じてる奴は、海外に行け。土曜日の課外授業に登録し、留学委員会のサポートを受ければ情報収集はもちろん出願手続きについてもメンターがアドバイスしてくれる。次、医学部の学費だが、これに関しては朗報がある。状況は、今までよりかなりいい」

目の前に、黒いスマートフォンが差し出される。画面には、こう書かれていた。

「おい、いつまで無視してんだよ」

脇から伸びているその手から顔へと視線を上げる。隣りに、同じ塾に通う若武《わかたけ》が座っていた。膝《ひざ》の上には、先ほどあわてて閉じた雑誌が載っている。顔を合わせるのは一年の修了式以来だった。和典は自分のスマートフォンを出し、短い文を作って突き出す。

「なんで、ここにいんの」

若武の父親は、友人と一緒に弁護士事務所を経営している。若武自身も法律が好きだった。同じ塾のメンバー数人でKZ《カッズ》と名付けたチームを組み、一緒に遊んでいた中学一年の頃には、事あるごとに法律の知識を振り翳《かざ》し、うるさいほどだった。性格的にも目立ちたがり屋で、時に詭弁《きべん》を弄《ろう》して人を欺く。そんな男の将来は、法学部に行って弁護士になるか、あるいは詐欺師になるかだった。他に道はない。

「法律に失望した」

そう書いた画面をまず見せてから若武は、それに続く文を打ち、憂鬱そうに口角を下げた。

「弁護士になるつもりだったが、法律は絶対的な正義じゃないし、それに加えて社会を変革する力もないって事に気が付いた。もっと躍動的で自由で、積極的に社会に働きかけられる仕事の方が俺には向いている」

つまり詐欺師か。

「父に話したら、事務所は継がなくてもいいって言われたから、今日は取りあえずここ来てみた」

読みながら複雑な気分になる。クラスでも、父親に相談したという話はよく耳にした。多くが父親とうまくやっていて、母親より身近な存在と捉《とら》えている。

和典はそうではなかった。父との間に直接的なトラブルがあった訳ではないが、関係は拗《こじ》れている。自分の将来についても、一度も話した事がなかった。最近、父は休日に時折、家を空け、顔を合わせる頻度も少なくなっている。母は、どうせ女の所よ、と言っていた。

「おまえって、父親と仲いいの。昔からそうなのか」

若武は癖のない髪を揺らせ、かすかに首を横に振って膝の上の雑誌を指で弾いた。

「近頃、共通の趣味がある事がわかって、急接近した」

よく見れば、それは北欧で発刊されているグラビア誌だった。

「父の書斎で発見したヤツ見てたら、見つかって、母に内緒にするなら今後も見せてやるって言われた。共通の秘密を持つ男同士の絆《きずな》は固い。週末は、母がボランティア行ってる間に、二人でブルーレイ上映会だ」

どーゆー親子なんだと突っこもうかと思ったものの、そんな繋《つな》がりもアリかと考え直す。自分も父に、女について聞いてみようか。明け透《す》けな話が、父との距離を縮めてくれるような気もしないでもない。

「おまえこそ、なんで医学部なんだ」

答に詰まった。祖父が死んだからだと言ってみても説得力がなく、もちろん筋も通らない。自分でさえ納得できないくらいだった。黙っていると、スマートフォンに次の文字が浮かぶ。

「まぁ困った時の医学部だよな、俺もそうだし。見ろよ、小塚《こづか》も来てる」

若武の視線の先に、小塚の丸々とした体が見えた。

「あいつって絶対、蛋白質不足だ。それで脳内でセロトニンが欠乏し、糖度の高いものを欲した結果、あのアウトラインなんだ」

若武同様、小塚もチームKZの仲間だった。どこのクラスにも必ず一人はいるような生物オタクで、普段は穏やかで粘り強く、滅多に人に逆らわないが、いったん言い出すと、テコでも動かない頑固なところがある。和典以下KZメンバーは日頃、小塚の存在をほとんど無視していたが、その口から、そもそもね、という言葉が出たら最後、もうどんな正当な主張であっても小塚を動かす事はできないと諦《あきら》めていた。

「この間なんか、アフリカに住む裸出歯鼠《はだかでばねずみ》は無酸素状態でも十八分は生きられる、それは脳内にある果糖を使って生命活動を維持するからだって尊敬してたから、言ってやった、おまえも息止めて、体内の果糖の蓄積使えばって」

笑いをこらえている内に、進路指導担当の話が終わる。OBの講演会に移る前に五分の休憩が挟まった。若武が立ち上がる。

「俺、今月に入って七センチ伸びた」

昔、若武の名はチビの代名詞のように使われていた。今では、和典より高い。

「成長痛、ハンパねぇって」

片手で押さえた肩を回しながら通路に出て、人の流れに呑みこまれてから気付いたようにこちらを振り返った。

「あ、小遣い叩《はた》いて、TB1買ったんだ。超カッコいいぜ。今度見せてやる」

得意げな笑みを浮かべ、流れに埋もれて出ていった。TB1は、最近発売されたばかりの国産自転車で、スポーツ用のロードバイクと悪路対応のマウンテンバイクの長所を兼ね備えており、生徒の間でちょっとした話題になっている。新しい物、流行の物にすぐ飛び付くのは、いかにも若武らしかった。

チームKZを組んだ発端は自転車盗難だったと思い出し、手に持ったままだったスマートフォンで、若武にメールを送る。

「盗まれて泣くなよ」

即座に、叩き付けるような返事が届いた。

「おまえとは違う」

中学時代は、一生の内で最も辛い時期だと聞いたことがある。メンタル的にもフィジカル的にもそれを大過なくやり過ごせたのは、群れて遊ぶ事ができたからだろう。常に仲がよかった訳ではなく、特に若武とは喧嘩《けんか》ばかりしていた。だが今となれば、悪くない時間だったと思う。まだ幼く無心で快活、冷める事を知らず一途に行動していたあの時は、高一の英語で習ったワーズワースの詩のように、再び戻らない輝きの中にいたのだろう。

「おい、上杉先生」

スマートフォンをポケットにねじ込んでいた手を、いきなり摑《つか》み上げられる。目を向ければ、すぐそばに黒木《くろき》が来ていた。黒い詰襟の端で、中央執行委員会の金の徽章《きしょう》が光っている。

「立てよ。家族の葬式の日にガッコ来てたら、さすがにマズいだろう。帰って葬儀に参列しろよ」

生徒会の情報収集力に瞠目《どうもく》しつつ、その手を振り払った。立ち上がり、制服の前身頃を整えながら黒木と顔を突き合わせる。

「俺がここに来てるのは、そういうもんに出たくないからに決まってんだろ」

艶《つや》やかな黒木の目に、笑みが浮かんだ。

「おまえ、中学生か」

皮肉な物言いは昔からで、こういう時には笑みを返しておくしかない。弔《とむら》う気持ちがないのに葬式などに参列すれば、暇を持て余すだけだろう。読経中にゲームでもやりたくなるに決まっていた。

「形を整えるのも大事な事なんだって知らないのか、反抗期少年」

一発殴ろうとして片手を上げかけたとたん、一瞬早く止められる。

「荒れてるね。珍しいじゃん」

忌々《いまいま》しく思いながら横を向き、表情を読まれるのを避けた。

「別に、荒れてねーし」

荒れる訳なんか何もねーだろと思いながら、祖父が入院してからの二年間を振り返る。もう九十六歳で、男性平均寿命をとっくに過ぎていた。点滴が入らなくなってきたとか、また持ち直したとかを繰り返しており、どちらにせよ遠からず死ぬ運命だった。女に狂っているらしい父は別として、毎日、病院に通っている祖母も、父の兄弟や母、親戚たちも、それぞれに気持ちの整理をしているらしく、見舞いに行った病室で会うと、それらしい会話が廊下で交わされていた。それは春の後に夏が来るように、日曜の次に月曜が来るように、普通の事だったのだ。

ただ和典は人間の死にショックも悲しさも感じない自分を嫌悪している。心を揺るがされ、涙できる優しい孫だったら、どんなに安らかな気持ちでいられただろう。

「もしかして通夜にも出なかったとか、か」

顔をのぞきこまれ、真っ直ぐ目の底を見すえられて、やむなく認める。

「部屋で、不完全性定理の解説本読んでた」

黒木の手が伸び、頭を小突いた。

「おまえ、メンタル患《わずら》ってるぞ。重症だ」

悲しげな顔を取り繕《つくろ》って葬儀に出たくない。ようやく出した結論が、祖父の死にほんの少しの傷も受けてない自分を隠しておく事だったのだ。他にどうしていいのかわからない。

「あのさぁ、俺のジーさんって九十六だぜ。死んだって別に残念じゃない。通夜も葬式も、生きてる親族の気持ちを鎮めるためにやるんだから、気持ち波立ってない俺には必要ねーし」

講堂内に声が響き、残っていた生徒たちが驚いてこちらを見る。ちょうど戻ってきていた小塚が聞き付け、近寄ってきた。

「上杉、そんなこと言っちゃいけない、後で後悔するから。きっと悲しすぎて感じなくなってるだけだよ」

甘すぎる解釈が、妙に気に障《さわ》る。

「俺は、おまえじゃねーって。此間《こないだ》どっかの生物学者が言ってたぜ、生命は現象に過ぎないって。それが一つくらい消えたって、大した事じゃねーじゃん」

次々と講堂に戻ってくる生徒たちの群れの中から若武の声が上がった。

「小塚、ここは俺に任せろ」

足早に近寄ってくる。喧《やかま》しい奴が来やがったなと思いながら、騒ぎが大きくなっていく予感に舌打ちした。若武は、黒木と小塚の間に入りこみ、和典のすぐ前に立つ。

「ビシッと言ってやるからな」

咳払いをいくつかし、いかにも重々しく本題に入った。

「上杉、おまえの魂胆はミエミエだ。身内が死んでも微動だにしないクールな男を装いたいんだろうが、カッコ付けもいい加減にしろ。小塚の言う通り、後悔するぞ」

苛立《いらだ》ちしか感じない。乱れる気持ちを掬《すく》い取って言葉にするのは難しく、また恥ずかしく、できるものではなかった。

「家族はかけがえのない存在じゃないか。孫に参列してもらえなかったら、死んだ祖父《じい》さんだって天国で嘆《なげ》くぞ」

マジうざい、とか、天国って宇宙のどこにあんだよ、とか、心でチャチャを入れながらしっかりと口を閉ざす。

「よし、これから皆で葬式に行こう。仲間と一緒なら上杉も素直になれるだろう。OBの話はパスしとけばいい。さぁ、行くぞ」

腕を摑《つか》まれそうになり、あわてて躱《かわ》した。

「おまえらに関係ないだろ」

小塚が表情を失う。

「そんな言い方しないでよ。僕たちは、チームKZのメンバーだったのに」

中学で見た夢は、高校ではもう見られない。祖父の人生が終わったように、それは終わったのだ。

「俺に構うな。放っとけよ」

若武が怒気を含む。小塚は悲しそうに眉根を寄せ、それを見ながら黒木が静かに唇を開いた。

「上杉先生、天国はちゃんとあるよ」

そう言いながら親指を立て、その先で和典の胸を突く。

「おまえの心の中にある。死んだ人間が天国に住めるかどうかは、おまえ次第なんだ」

2

多少なりとも本音を吐いた後は、気持ちが滅入った。胸にはまだ黒木の指先の感触が残っている。皆が聞いているような場所で声を荒立てた自分が信じられない。いつもならあり得ない事だった。今頃、SNSで噂が飛び交っているだろう。明日、学校に行ったら痛い程、注視されるに違いなかった。忌引きもあるし、ほとぼりが冷めるまで引きこもるしかない。

ポケットでスマートフォンが着信を知らせる。見れば、母から新しいメールが来ていた。

「もう葬儀、終るからね」

溜め息のマークがある。昨日から何回となく電話やメールが届いていたが、一度も返事をしなかった。

「高校生は一人も来てなかったから、あなたの欠席もそう目立たなくて助かったけど。一つお願い。チーちゃんがパパのワイシャツにジュースぶちまけたの」

葬儀場も、厳粛でしめやかとばかりは限らないのだとその時気付いた。幼児にとっては斎場も、スーパーの売り場同然だろう。走り回ったり、ぐずったり奇声を上げたりする。となれば、悲しまない孫が一人くらいうろついていてもよかったのかも知れなかった。

「喪主だし、遠いけど家まで取りに行くしかないかなって思ってたら、パパ、駅のクリーニング屋に白シャツ預けてあるって。かなり前だって言うから、もうできてるはず。パパが自分で取りに行くって言ってるんだけど、喪主に抜けられたら困るから、あなた、それ持ってきてくれない。忌引きなんだから家にいるんでしょ。アサ子さんには今日からお休みあげてあるのよ。お義父さんが入院してる間、家事と病院の往復で大変だったからね。クリーニング屋には電話入れとく。急いでね」

電車を降り、クリーニング屋に足を向ける。母の電話の効き目らしく、店員は預かり証なしでワイシャツを出してくれた。

「おズボンも一緒にお預かりしています。今お渡しできますが、お持ちになりますか」

たまには役に立ってやろうと思い、承知する。店員はレジに金額を打ってから、ナイロン袋に入ったワイシャツとズボンをカウンターに置いた。

「これが、おズボンの内ポケットに入っていたようです」

出されたのは、搭乗券だった。洗濯されたらしく縒《よ》れている。

「ポケットは事前に確認する事になっているんですが、受け付けた者が気付かなかったみたいです。すみません」

カウンターの後ろの壁に、アルバイト募集と書かれた紙が貼ってあるのを見ながら頷《うなず》いた。

「こちらこそ、うっかり出してしまってすみませんでした」

搭乗券は羽田から長崎まで、日付は先々週だった。学会でもあったのか、それとも製薬会社の招待旅行か。ふと、死んだ祖父の実家が長崎だったと思い出す。

和典も何度か行った事があった。丘ほどの高さの山の頂《いただき》から少し下がった所にある大きな洋館で、長期の休みには祖父の兄弟やその子供たち、孫たちが集まるのだった。だが和典が小学校に上がる頃、家を継いでいた長兄が亡くなり、入院していたその妻も程なくして死亡したため、住む人間がいなくなり売却したと聞いている。それ以降は長崎を訪れる事もなく、思い出は薄れがちだった。

渡されたナイロン袋に搭乗券を放りこみ、バッグと一緒に持ってクリーニング店を出ながらスマートフォンで母に電話をかける。暇だったらしく、すぐに出た。

「これから持ってくけど、ズボンも取っといた。ポケットに搭乗券入ってたって」

母は、わずかに鼻を鳴らす。

「どうせ長崎のでしょ」

なぜ知っているのか不思議だった。言葉に籠《こも》った蔑《さげす》むような響きも気になる。聞いてみようかと思いながら躊躇《ためら》っていると、母は冷ややかな笑いを漏《も》らした。

「長崎にいるのよ、パパの女」

具体的な場所を聞くのは、それが初めてだった。これまで半ば母の妄想と思っていたものが俄然、現実味を帯びる。脳裏に浮かんだ父の顔が、親から男に変貌した。

多少の驚きはあったが、動揺はない。親の不品行は子供の責任ではなく、自分には関係ないと思えた。突き放せる年齢になっていた事に、ほっとする。だが今後、これが離婚などに発展すれば、引っ越しの可能性が出てくるだろう。これから受験に向かうという時期だけに、そうなるといささか問題だった。

「お祖父さんの実家を処分してから長崎との関係はなくなったはずなのに、少し前からちょくちょく出かけるようになったから、どうも怪しいと思って部屋を調べたの」

今度は、母の声が女に変わる。夫婦間にもプライバシーはあるだろう。それを簡単に踏み倒し、躊躇《ためら》いもなく話すその精神は脅威というしかなかった。付き合っている彼女にスマートフォンをのぞかれたというクラスメートの話を思い出す。自分の中に踏み込まれたくなければ、彼女も妻も諦めるしかないのだろうか。

「書斎で黒いファイルを見つけたわ。長崎を往復した搭乗券が二十一枚綴《つづ》ってあった。ポケットに入ってたっていうのを入れれば、二十二枚ね。訳の分からない写真も入ってたけど。頻繁に通ってて、しかもその足跡を大事に保管してるって、尋常ならざる情熱でしょ。女以外に考えられない」

そこまで調べる母も尋常ならざる情熱の持ち主だろうし、遠距離をものともせず女と逢瀬を重ねているという父も同様で、バブル世代のエネルギッシュさに辟易《へきえき》した。

「あのさぁ」

その熱を少し冷ましてみたくて聞いてみる。

「本人は、何て言ってんの」

母は、鼻で笑った。

「否定してるに決まってんじゃない。認めないわよ。でも、それなら女でなくて何よって突っ込んでも、何も言えないのよね。間違いないわ」

祖父の実家を売る前、そこで父が誰かと知り合い、関係が続いたとか、どこかで再会して再燃したとかいうことがあっても不思議ではなかった。

「自分でクリーニングに出すなんて、今までなかった事よ。きっと口紅でもつけたんだわ。だいたいねぇ」

気炎を上げ、話し続けようとする母に言い放つ。

「じゃ、そっち向かうから」

駐輪場から自転車を引き出し、葬儀場を目指した。搭乗券の日付は、祖父の容態が悪くなったと連絡が入った頃だった。

旅行中に知らせを受け、あわてて病院に駆けつけたのだろう。それ以降、慌《あわ》ただしくてファイルに仕舞う暇がなかったのだ。一旦《いったん》そう考えたものの矛盾に気付く。それなのにクリーニング屋に行く暇だけはあったわけか。しかもポケットに入っていたのは、往路の搭乗券だけだった。復路の券はどこにやったのか。

自転車を停め、跨《また》がったままでクリーニング屋の袋からワイシャツを取り出す。ナイロン袋に貼り付けられているメモにワイシャツの簡易図があり、裾のあたりにアステリスクが付いていた。染み抜き（血痕）と書かれている。ズボンも出してみると、これにも血痕の染み抜きが施《ほどこ》されていた。場所は腹部あたりで、ズボンからワイシャツに染み透ったらしい。メモの下に印刷されている電話番号にかけると、先ほどの店員が出て記録を調べてくれた。

「受け取った時には、目立った染みは見当たらなかったようです。でも工場で発見して染み抜きをし、その料金が加算されています。ご説明を忘れてすみません」

目立っていなかったという事は、おそらく父が自分で洗ったのだ。搭乗券は往路だけだった。長崎に行く飛行機に乗った後、ポケットに搭乗券を入れ、どこかで血痕を付け、自分で洗い、荷物の中に放りこみ、帰ってきて駅でクリーニング屋に預け、その過程のどこかで祖父の容態が良くないとの連絡を受けていて、病院に向かったという流れだろう。帰りは別のズボンを穿《は》いており、復路のチケットはそこに入れてあったのに違いない。

だが洗濯物なら他にもあったはずだ。祖父の病院に駆けつけた後で、アサ子を呼んで全部を預ければそれで済む。わざわざ自分でクリーニング屋に持ちこんだ理由は、一つだけのように思えた。父は、それを誰にも知られたくなかったのだ。母の言っていた口紅と同じくらい秘密にしておきたかったのだろう。

もう一度クリーニング屋に電話をかけてみる。

「え、染みの大きさですか。染み抜きには、特大・大・中・小とあって、工場が出してきた金額は特大でした。だから大きかったんだと思いますけど、あまり大きいのは扱ってないので、まぁそこそこだったんじゃないですか」

ズボンを通してワイシャツにまで染みたのだ。量としては、少ないはずがない。

「染み抜きの金額についてのお問い合わせでしたら、代金はご返金できます。ご依頼があった訳じゃないので」

本人に聞いてみると答えて電話を切り、葬儀場に向かった。父が隠そうとしていた血痕が、脳裏で赤い川のような模様を描く。徐々に勢いを得て広がり、脳内全体を赤黒く照らし出した。ごく普通の毎日が突然、塗り替えられていくような気がして鼓動が乱れる。口紅の方が穏やかだったなと思いながら自転車を漕《こ》いだ。

葬儀場の正面玄関前には、黒いリボンの花輪が連なっていた。出棺の霊柩車を待つ参列者が溢《あふ》れ、遅れて焼香に駆けつけてきた弔問客がその間を縫うようにして中に入っていく。脇の駐車場には、製薬会社の名前の書かれた車が何台も停まっていた。

和典は、制服の詰襟のホックを留める。黒い制服は、喪服の集団にしっくり馴染《なじ》んだ。自分は毎日、この格好で何かの葬送をしているのかも知れないと思えてくる。悼《いた》んでいるのは何だろう。講堂での言い合いが頭を掠《かす》め、彼らと過ごした中学生時代が甦《よみがえ》る。止めようもなく行き過ぎていく、二度と戻らない瞬間の堆積か。

「和典、こっち」

犇《ひし》めいている人々の中から母が手を振った。

「お、和典君じゃないか」

声を掛けてくる親戚に挨拶しながら母に歩み寄る。

「あの人、なんで自分でクリーニング出したんだろ」

母は、不愉快そうにこちらをにらんだ。

「だから口紅だって言ったでしょ」

常に自分の判断に絶対的な自信を持ち、他人の意見には耳を貸さない。

「何度も言わせないでよ」

母を許容する術《すべ》を覚えたのは、ごく最近だった。その欠点を許す気になったというより、諦めたという方が近い。

「これから出棺なんだけど、あなたも行ったらどうなの」

首を横に振りながら、人混みの中に父を見つける。そばに寄って見れば、シャツの前身頃が薄い黄色に染まっていた。ぶちまけられたのは、グレープフルーツかパインだったらしい。

「ワイシャツ、持ってきたよ」

父を見つめながら、小塚の言葉を思い浮かべた。

「この世で一番鋭いナイフってね、プレパラート作る時に使うガラスナイフだよ。金属の刃は、その金属結晶の一単位より薄くならない。でもガラスは原子の幅まで尖《とが》らせられるんだ」

自分の目に望む、父の擬態を剝《は》ぎ取れるほど鋭くなっていけ。

「ついでにズボンも取ってきたけど、両方に血液の染みがあって向こうの判断で染み抜きしたから、その金は希望すれば返すって」

父は軽く頷《うなず》く。

「ありがとう。髭《ひげ》、深剃りしてさ」

ズボンからワイシャツまで染み透るほどの大量出血は、電気シェーバーではありえない。カミソリを使っていてそれだけの出血をしたのなら、顔に傷が残っているはずだった。

「おまえも焼き場行くの」

父の表情に、疚《やま》しさの陰はない。追及しても、きっと同じだろう。誤魔化す気なら、なんとでも言える。

「いや、ズボン持って家帰る。そんじゃ」

長崎に女がいても構わなかった。知らない振りをしていればいいのだ。だが大量の血痕では、そうはいかない。それ自体も問題であり、それを父が密かに処分しようとしていた事も同様だった。

いったい長崎で、何をやってきたのか。これがテレビのサスペンスドラマなら、昔の女と話が縺《もつ》れて殺害というストーリーだろう。現実がドラマほど軽々しくない事を祈るしかなかった。

スマートフォンを開き、二週間前から昨日にかけて発覚した事件を調べる。父が関わっていそうな殺人、傷害、行方不明のニュースはなく、ひとまずほっとした。

母が発見したというファイルを見れば、何かわかるかもしれない。処分されていない事を願いながら自転車に飛び乗り、家に急いだ。自分が今まで行ったこともないような場所に向かっている気がする。玄関を入り、真っ直ぐ父の書斎に行って樫《かし》の大きな扉を開けた。

主のいない薄暗い空間には、威圧するような沈黙が漂っている。電気をつけ、いくつもの書棚のガラス戸に自分の姿が映るのを見ながら、その向こうに並んでいる医療系の本の中に黒いファイルを捜した。ない。

学生時代の賞状や写真、トロフィーが飾られている棚の前を通り過ぎ、革のデスクマットを敷いた大きな両袖机の引き出しを開けて見る。その脇に置かれたスチールの本棚に収まっているペーパーバックスの列にも目を通した。

部屋の中を移動し、天井まである木の本棚の前に立つ。その隅に黒い背表紙のファイルが見えた。どうやら処分や隠蔽《いんぺい》は考えなかったらしい。母に見られた事を知らないのか、それとも一度見つかってしまったら、後は野となれ、の心境か。

表紙を開ける。リフィルシートがいく枚も綴《つづ》られており、それぞれのポケットに搭乗券が入っていた。どれも羽田と長崎の往復で、一番最初の日付けは二年前、最後は二週間前。クリーニングに出された往路の片割れの復路があった。母の言葉通り全部で二十一枚ある。

つまり女とは二年越しの関係で、十一回ほど長崎に会いに行っているのだ。これを発見した母が、怒髪天を衝《つ》く思いで搭乗券を数えている様子を想像する。番町皿屋敷のお菊さながらすごい形相だったに違いないが、どこか笑える気もした。

リフィルシートの最後の一枚の中に、母が言及していた写真を見つける。元はモノクロだったのだろうが、ほとんどセピアになっていた。幅四センチ、縦六センチくらいのサイズで、二ミリほどの白い枠が付いている。

写っていたのは、どこかの門を背景に立つ一人の青年だった。ぼやけていて表情ははっきり読み取れないものの、わずかに微笑んでいるように見える。襟のついた長い白衣らしきものを着ており、写真の隅には達者な筆跡でサインが入っていた。*Yamase* と読める。誰だろう。ここに一緒にあるからには、長崎行きと関係があるのか。

ファイルを机上に置き、リフィルシートごとにスマートフォンで撮影する。風を受けた高木の枝々のように胸が騒いだ。これは本当に不倫の記録なのか。確かに尋常ならざる情熱だが、それに不倫という名前を付けたのは母の中の女だった。

真実の光に照らせば、何が見えてくるのか。二年間で十一回、長崎に飛んだ父はいったい何をしていたのか。隠そうとした血痕は、誰のものか。この *Yamase* はどういう人物で、父はそれをなぜここに入れているのか。

黒いファイルのそこかしこから奇妙で薄暗い空気が流れ出てくる。まるで血のようにゆっくりと机の上に広がり、縁から滴り落ちて床で湿った音を立てた。不倫の方がまだましだったと思えるような何かが、この中に潜《ひそ》んでいる気がする。息が詰まった。

3

一人の人間が同じ行動を繰り返している時、そこには自ずと法則ができるはずだった。自分の部屋に入り、撮ってきた映像をパソコンに送る。それを編集して規則性を見つけ出そうと考えた。

まず往復の日付と曜日、時間を表計算ソフトで一覧表にし、次の搭乗までの時間を計算して付け加えた。搭乗券から特定できる長崎滞在の日数も書き添え、さらに便の機種番号や座席番号など、わかるすべての情報を入力する。

スマートフォンの計算機を開き、一覧表をにらんで、それらの間に存在するかも知れない関連性を探った。曜日も数字化し、関数を持ち出してあらゆる可能性を試してみる。だが朝まで続けても、それらの間にはどんな法則も見出せなかった。敗北感を胸に、ベッドに転がる。

わかったのは、ごく表面的な事ばかり。訪問の間隔は、一番短い時で三週間、一番長い時は七ヵ月、その中間もありランダムに繰り返されていた。滞在は必ず一泊。着いた翌日、帰ってきている。曜日は多くが土日もしくは祝日で、これは父がクリニックの休診日を利用して出かけるからだろう。だが、平日も数回ある。

それらは、搭乗券とカレンダーを見れば子供にもわかる事だった。一人の人間が二年間も長崎往復を繰り返していて、なぜ相互の関連性が見つからないのか。苛立《いらだ》ちながら奥歯を噛む。

新しい考えが閃《ひらめ》いたのは、一階からコーヒーの香りが漂ってくる頃だった。デフォルトが違っているのか。身を起こし、テンピュールの椅子に座り直してパソコンと向き合う。

デフォルトの基本因子は二つ、長崎往復、そして一人の人間。長崎を往復している事に間違いはなかったが、果たして一人の人間なのか。ファイルには一人分の搭乗券しかなかったが、二人以上という事もありうる。ここにある資料から見えていない誰かが父の行動に影響を与えているとすれば、これらの因子だけで法則が成立しないのは当然だった。

　もう一つ、父の行動に感情や突発的な事項が関わっている度合いが高ければ、例えば母の言う通り恋愛が絡《から》んでいるとすれば、一定の法則は成立しにくい。それこそ正《まさ》にこのところの和典の悩みと苛立《いらだ》ちの原因、数学の幅の狭さや限界だった。

「和典、ちょっと来て」

　階下で、母の声が上がる。

「出かける前に、頼んどきたい事があるの。三分ですむから」

　やむなく階段を降りていくと、ダイニングの低いテーブルに香典袋が山を成《な》していた。

「中味はもう全部出したんだけど、袋に書いてある名前と金額をリストにしといてほしいの。香典返しの時に必要になるのよ。ほんと面倒。会社名のは無視していいわ。お返ししなくていいから。全部そうなら助かるのに」

　車庫で、急《せ》かすような短いクラクションが鳴る。

「はいはい、今行くわよ。これからお祖母《ばあ》ちゃんちに行って、一緒にお寺に回って住職にお礼して、帰りに斎場の精算してくるから。お昼は冷凍庫のピザでも食べといて。夕食は外の予定。後で連絡する」

テーブルの脇を通った母の長いスカートが香典袋に触れ、何枚かが床に落ちた。それを拾って元に戻していて、柳瀬《やなせ》と書かれた袋に目が留まる。二枚あった。柳瀬とは、あの Yanase か。

「ねぇ」

母を追いかけ、玄関に走り出る。

「柳瀬って、誰」

母は、靴篦《くつべら》を壁のフックに掛けながらこちらを振り返った。

「お祖父さんの下の弟よ。佐賀と筑後《ちくご》船小屋《ふなごや》からわざわざいらしたの。お二人ともご高齢だから疲れたみたいだったけど、どうしても兄貴に会いたかったからって言ってらしたわ。パパや私と会うのもこれが最後になるだろうってシミジミ言われて、ちょっとシュンとしちゃった」

ではあの写真に写っていたのは、その二人の柳瀬のどちらかなのか。叔父に当たる人物の昔の写真を父がファイルしていたという事になるが、なぜだ。

「柳瀬家は十人兄弟で、昭和十六年の閣議決定に則《のっと》った産めよ増やせよ路線で、戦時中には表彰もされたって話よ。でも、うちのお祖父さんを始めとして皆が養子に出たり、別家を作ったりして、家に残ったのは長男の清人《きよと》さんだけ」

祖父が養子としてこの家に入ったという話を聞くのは初めてだった。つまり昔は、祖父も柳瀬だったのだ。

「その兄弟も年々亡くなっていって、もう佐賀の幸雄《ゆきお》さんと筑後船小屋の登《のぼる》さんの二人きりしか残ってないのよね」

長崎の家の玄関に掛けられていた大きな標札を思い出す。篆書《てんしょ》らしき書体の文字が、考えてみれば柳瀬だったような気がした。当時は全く読めず、座敷に飾ってある墨で描かれた達磨《だるま》の絵と似ているとしか思っていなかったが。

「じゃあね」

あの写真は、若い頃の祖父なのかも知れない。父が持っていたのだし、祖父の実家のあった長崎への搭乗券と一緒にファイルされているところからも、そう考えた方が自然だった。

「お昼、ちゃんと食べるのよ」

祖母に尋ねれば、はっきりするだろう。弔事が終わったばかりだから時間を置いて足を運び、父がそれを持っていた理由も一緒に聞いてみよう。

そんなふうにして探っていかなければたどり着けないほど、自分が父から離れている事に溜め息が出た。父との関係が拗《こじ》れた原因は、母にある。

母は、一人息子である和典を常に自分の影響下に置こうとした。そうでなければ満足できず、父と和典が男同士で話し、理解し合う事を極端に嫌っていた。自分が除外されるような気がしたのだろう。

皮膚科の母と、内科、心療内科、感染症内科を受け持つ父では圧倒的に仕事量や研究会の数が違う。父は忙しく、家にいる時間は母の方が長くて和典はその支配下で育った。母は都合が悪いことはすべて父のせいにし、それを真に受けた和典が父によくない印象を持ち、遠ざかるのをむしろ喜んでいた。無口で気持ちを表に出さない父は、母に問い詰められても反論や釈明をほとんどせず、その態度が、脇で見ている和典に母の正しさを感じさせたのだった。

そんな時期が長く続き、和典が母の支配に気付いた時には、父との間にはすでに距離ができていた。それを縮めるためには母から聞かされた事、母がしてきた事を父に訴えねばならず、悪口を言うも同然のそんな話はとてもできなかった。加えて父に歩み寄ろうとすれば、自分の考えている事や生きる姿勢、その真剣さが露見する。自分を知られるのが恥ずかしい年齢になっていた。

和典は、母を通してしか父を見ておらず、いまだに母の見せたかった父しか知らない。ここまできてしまったら、もうこのままの関係でいくしかないのだろう。そう思ってはいるものの、今突き当たった大量の血痕は、あまりにも不穏だった。見過ごす訳にはいかない。

父はいったい何を考え、何をしているのだろう。

4

二日後、祖母のマンションを訪ねる。それまでの間は、ひたすら新聞の社会面やネットのニュースに目を通し、長崎で物騒な事件が起きていないかどうかをチェックしていた。幸いな事に、今のところ父に結びつくような報道は何もない。

「まぁ典ちゃん、わざわざ来てくれたの」

通夜にも葬式にも出なかった孫の訪問に、祖母は驚きながらもうれしそうだった。その様子を見て、自分の気持ちばかりを大切にしていた事を恥じる。祖母を慰めるために参列すべきだったと初めて気づいた。

「ありがとう。お線香をあげてもらえるかしら」

玄関には、マイセン磁器のダックスフントが寝そべり、盆栽の五葉松が置かれている。床に敷かれたエル・シドを織り出したラグ・マットも、壁に掛けられた額の中の東京帝国大学の合格通知書も、以前に来た時と少しも変わっていなかった。満ちている空気は静かで平穏、ただ祖父だけがいない。突然、異界への出入り口でも開き、一瞬で呑みこまれてしまったかのようだった。

「本当は、火葬はもう少し先に延ばしたかったのよ。だって終わってしまったら、あの世に行ってしまうような感じがするでしょう。あと少し、このあたりをウロウロしていてほしくてね。でも調べたら、延ばすと日の並びが悪くなってしまうの。それでしかたなく」

仏壇の前には、真新しい錦織の布に包まれた骨壺が置かれていた。

「人間って、最終的にはこんなに小さくなってしまうのね。あなた、典ちゃんが来てくれましたよ」

鈴《りん》を鳴らして退いた祖母に替わり、遺影の前に畏《かしこ》まる。記憶の中にある祖父のその顔が、真っ直ぐこちらを見ていた。

「もっと和《なご》やかな顔を捜したんですけどね、ありませんでした。どれも全部、この表情。まぁ本人らしいと思ってこれにしたの」

祖母の声を聞きながら両手を合わせる。少しの悲しみも感じていない事を詫《わ》びた。

「さ、こちらでお茶でも召し上がって」

ダイニングルームに通され、祖母と改めて向かい合う。半ば気恥ずかしく、半ば気詰まりな沈黙の中、どうやって本題に入ろうかと考えながら、出された菓子皿に添えてある黒文字を取り上げた。その先で練り切りを分ける。

「でも入院から亡くなるまで時間がありましたからね、精神的な覚悟も含めていろんな準備ができて、幸いでした。二年もあったんですもの」

ふと思う、父が長崎に行き始めたのも確か二年前からだと。

「遺品の整理は、まだしないつもりです。本人を亡くしたあげくに、持ち物まで無くなってしまったら、寂しくってね」

祖母に合わせて祖父の思い出を語ろうとしたが、大したことは思い出せなかった。父を知らないのと同様に、祖父の事も知らない。二人とも自分を語らなかった。

唯一、覚えているのは小学校の高学年になった頃、浅草に連れていってもらった事で、それがどういう日で、なぜそこだったのかについては、まるで記憶がない。およそ客が入りそうもない狭く汚い店で、天婦羅を食べた。他に構えのいい店がたくさん並んでいるのに、なぜそこだったのか。美味くて評判なのか、あるいは馴染《なじ》みの店なのか。祖父に聞いてみたが、初めて来たとしか答えなかった。二人で黙って食べた。つまらなくて、家でゲームをしていた方がましだったと後悔しながら。

「久しぶりに弟さんたちともお会いして、懐かしかったわ。遠方で高齢でしょ。こんな事でもないと中々出ていらっしゃれなくてね。お祖父さんが生きてらしたら、きっと喜んだでしょうに。とても仲のいい兄弟だったのよ。十人もいればそれぞれ欠点もあるでしょうに、決してお互いを悪く言わず、下は上を立て、上は下を庇《かば》ってね。弟に当たる佐賀や筑後船小屋のお二人の事は、特にかわいがっていたから」

ひと頻《しき》り話し終わると、今度は和典に最近の様子を尋ねる。細かな事を言っても通じにくいだろうと考え、大学入試に向けてスタートを切る時期で医学部説明会に行ったとだけ話した。

「まぁ医師になるの」

祖母は喜色を浮かべる。家業を継いでほしいとの話は、今まで家族の誰からも出た事がなかった。だが内心はそう望んでいたのだろうか。

真意を確かめようとして口を開きかけ、直前で思い留まる。自分の意思が決まっていない段階で祖母の気持ちを知れば、それに引っ張られかねなかった。そこまでいかないにしても、大なり小なり心の負担になる。ここは突っこまず、流しておいた方がよさそうだった。

「選択肢の一つってとこですね」

曖昧《あいまい》に笑い、話を変えようとしてスマートフォンを取り出す。

「ところでこの写真って、お祖父さんの若い頃ですか」

画像を見せると、祖母は眼鏡を捜し、それをかけてから視線を落とした。

「ああそうです。これ、まだ結婚前ですよ。同じ写真が家にもあります」

両手をテーブルに突いて立ち上がり、奥に入って行ったかと思うと、しばらくしてA4サイズよりやや小ぶりのアルバムを手にして戻ってきた。古びているが表紙には刺繍をした絹布《けんぷ》が張られ、綸子《りんず》の紐飾りの付いた立派なものだった。中の台紙は黒い。

「えっと、確かこのあたりだったはずだけど」

ページを捲《めく》っていき、やがて戸惑ったような声を上げた。

「あら、無い」

伸び上がって手元をのぞきこめば、その紙面の中央左側に三角コーナーで囲まれた空白があった。あの写真がちょうど入りそうなサイズで、右隣りには同じ大きさ、同じような白枠のついたセピアの写真がもう一枚ある。こちらは集合画像で、同じ白衣を着た本人が、襟なしや角襟の白衣を着た若い女性たち四人と一緒に写っていた。背景やアングルがほぼ同一であるところから見て、同時期に撮られたものらしい。

「どうしたのかしら」

どうやら父は自分の母親に断らず、あの写真を持ち出したようだった。

「典ちゃん、それ、どこにあったんですか」

親子関係に皹《ひび》が入りうるような事を言うのは気が引ける。ここは惚《とぼ》けるしかなかった。

「このお祖父さん、若い女性に囲まれてますね。仕事関係者かな。表情よく見えないけど、ニヤけてる感じはしませんね。余裕で冷静だけど」

話を逸《そ》らすと、祖母は素直に引っかかり、待ってましたと言わんばかりの笑顔を見せた。

「その子たちは、研究所に勤めていた看護婦ですよ。お祖父さんは、若い頃そりゃあモテたんです。だって帝大生で、ハンサムで剣道四段、柔道五段ですもの。恰好よかったんですよ」

スポーツのできるイケメン東大生なら、今でもモテるだろう。それにしても祖母が、これほど生き生きと昔を語るとは思わなかった。笑みを浮かべた顔は精彩を放ち、華やいでいる。向き合っている和典の気持ちまで明るく照らすほど力に満ちていた。

「私の父も、医者だったでしょ」

多くの医師を輩出してきた上杉家の中でも、曾祖父は特に優れた人物として語られ、一族のレジェンドになっている。当時まだ珍しかったドイツ留学をし、大学では教授のポストを用意され、研究者として残るよう学長の懇願を受けたにも拘《かかわ》らず、市井の病気根絶を願って象牙の塔を出、家業を継いだ高徳の士だった。

「広島に原爆が落とされた昭和二十年八月には、仲間と救援隊を組んで現地に駆けつけたんです」

その話は、曾祖父の英雄譚の一つとして、法事の折などによく耳にした。さすが高徳の士、ボランティアの先駆けだよなと思ったものだ。

「それから三日後、今度は長崎に投下されたでしょ。その時、父はようやく広島の近くまで行ったところで、長崎も大変だと聞いて、救援隊を二手に分けて自分は長崎に向かう班に入ったんです。長崎入りして活動をしていた時に、あなたのお祖父さんと出会ったのよ。父はすっかり惚《ほ》れこんで、引き上げる時にそのまま家に連れてきて、医院を手伝わせていたんです。私なんか、ある日突然、おまえの結婚相手を決めたって言われて、あら戦争はもう終わったのよ、そういう時代じゃないわって思いましたけど、医院に来なさい、引き合わせるからって言われて行ってみたら、もうひと目惚れしてしまって」

おかしくてたまらないといったように、ひとしきり笑う。

「当時、大人気だった三船敏郎《みふねとしろう》にそっくりでねぇ」

うっとりとして口を噤《つぐ》んだ祖母は、益々《ますます》若々しく見えた。

「それって、いつ頃の事ですか」

笑みをたたえた唇から、長い溜め息が零《こぼ》れる。

「会ったのは覚えていませんが、結婚は私が十八、お祖父さんが二十五の時です。実際に生活してみて驚いたのは、ほとんどしゃべらない人だって事」

どうやら父は、祖父に似ているらしい。

「その分、私がしゃべってましたから、足して二で割れば、お互い一人前ね。でも性格は、南極と北極ぐらい違ってましたよ。私はいい加減で大雑把で小器用だったけれど、お祖父さんは驚くほど正確で丁寧《ていねい》、でも時間がかかってね。見ていられなくなって私が手を出すと、おまえはどうせきちんとしないんだから退《ど》いてろって怒られるの」

和典は、若かった二人の家庭を想像する。無口で不器用な祖父と活発で陽気な祖母は、お互いを補い合えるいいカップルだったのだろう。人間は本来、男女が一体化した形であり、それが二つに分かれてしまったためにお互いを求めるようになったという怪しげな説を誰かから聞かされた時には、馬鹿馬鹿しすぎて否定する気にもならなかったが、こうして祖母の話に耳を傾けていると、それが腑《ふ》に落ちてくるような気がしないでもなかった。

「でもお祖父さんもね、父と二人でお酒を飲んだりすると、ポツリポツリしゃべっていましたよ。私はそれを立ち聞きしたり、後で父から聞いたりするのが楽しみでした。だって好きになった人ですもの、知りたいじゃないですか」

少女のようにはにかんだ笑顔を見せる。そこから祖父への想いが匂い立ってきた。八十代も終わりに差しかかろうとする祖母が、今なお当時の気持ちを覚えているのは、それが大切なものだったからだろう。そんな祖母に見つめられながら暮らしてきた祖父の日常をあれこれと思い浮かべると、胸が温かくなってくるような気がした。

「父が言うには、お祖父さんは地元では神童と呼ばれて有名だったんじゃないか、上京する時には、村中総出の提灯《ちょうちん》行列で見送られたに違いないって。当時、田舎から帝大に合格するって大変な事だったんですよ」

今もおそらく似たようなものだろう。人口の多い大都市には多くの塾があり、東大に行くためのいくつもの効率的な勉強コースが用意され、ノウハウを持った講師が手ぐすね引いている。そこに潜りこめれば、そこそこの実力でもなんとか引っ張り上げてもらえるのだった。交通網も発達しており、通塾にもさして時間がかからない。人口の少ない田舎では、そういう訳にはいかないだろう。

「合格後は、東京に出ていた兄の勇《いさむ》さんを頼って上京して、その下宿に同居させてもらって通学したんですって。研究者になるつもりだったようよ。でも在学中に戦争が始まって、別の学部の同期生たちは出陣していったのに、本人は理系だったから免除されて、それが心の負担になったみたい。ものすごく潔癖で高潔でしたからね。戦時中は白金台の伝研で、研究や実験の補佐をしていたようです。同じ敷地内にあった厚生省の研究所で、その後公衆衛生院と呼ばれるようになった所にも行っていたとか。これは、たぶんその頃の写真です」

伝研というのは伝染病研究所の事だろう。確か元は十九世紀に北里柴三郎《きたさとしばさぶろう》が開いた私立の伝染病研究所で、それが官立となり、その後、東京帝国大学に付属したのではなかったか。公衆衛生院も、似たような調査研究機関だったと記憶している。

「そこに出入りしていた結核予防会研究部の柳沢《やなぎさわ》博士って方が、当時、乾燥ＢＣＧワクチンの研究をしていたらしくて、若かったお祖父さんたちは声をかけられて、その実験台になったんです」

信じられない思いで聞き返した。

「実験台って、それ、治験の事ですよね」

祖母は、わずかに笑う。

「いいえ、治験というより人体実験ね」

頭に浮かんだのは、中国で七三一部隊が捕虜に対して行ったと言われている行為だった。確かナチスもしていたはずで、それらは今も批難の対象となっている。

「柳沢博士から直接か、もしくはその下にいた研究員から説明を聞いて、志願したようでした」

それは当時、治験と名付けられていたのだろうが、実質は命令か、強制だろう。そうであれば、治験と言えるものではなかった。

「強烈な生の菌を何度も植えられて、志願者全員が発病して、そのうちの一人は亡くなったんですって。看護婦だったって言っていました。もしかしてこの写真の中の誰かかもしれませんね」

古い写真に思わず見入る。四人の頬はふっくらとしていて、浮かんだ笑みは初々しかった。まだ十代だろう。親や兄妹がどれほど嘆いたか、想像に余りある。

「お祖父さんも、データを提供するために研究所に採血に行く時以外は、兄さんのアパートで寝たきりになってしまって、いつまで経っても回復しないし、戦局も悪化するばかり、このまま実験台になっていてもどうしようもないから、いったん田舎に帰ったらどうだって兄さんに言われて、長崎に戻ったんです。研究者になるのを諦めてね。父が聞いた話によれば、一人で満員の夜行列車に乗ったようですよ。その頃はもう列車の本数が少なくなっていて、乗れるだけで御の字、座る事なんかとてもできない状態でしたからね。窓の近くに立って、遠くなっていく東京をずっと眺めていたとか」

その時の祖父の心中を思うと、胸を抉《えぐ》られるような気がした。当時の祖父は、今の和典と四、五歳しか違わなかったはずだ。受験期には和典と同様に情報を集め、対策を練り、勉強しながら自分の未来図を何度も思い描いたに違いない。それが叶って道を踏み出したというのに、大学を去らねばならなくなったのだ。

東京から離れる事は、夢から離れる事でもあっただろう。輝かしかったはずの人生は、その夜、大きく曲がったのだ。曲げられたといってもいい。その不当さ、理不尽さにどうしようもなく腹が立った。

「話を聞いて、私、涙が止まりませんでした。もうかわいそうでかわいそうで」

いや、それはむしろ怒るべきところじゃないのかと言いかけ、祖母の目に浮き上がる涙を見て言葉を呑み込む。

「若くて才能もやる気も体力もあって、前途洋々で東京に出てきたのに、そのすべてを失って、国のために身を捧げたと称えて見送ってくれる人もなく、ただの病人として故郷に戻って行かなければならなかったなんて、どれほど無念だったでしょう。その絶望の深さを考えると、もう泣くより他ありませんでした」

祖母の涙は、怒りと同質なのだろう。見ていると、憤慨が募るばかりだった。胸に溜まったそれは見る間に方向性を持ち、事態を引き起こした人物に向かっていく。どうやら怒りというのはスカラーではなく、ベクトルらしかった。

「その柳沢って博士、その後どうしたの」

もう取り返しのつかない過去ではあっても、身内として責任を問い質さずにいられない気分だった。

「謝罪とか、補償は」

祖母は、うっすらと笑う。

「聞いていませんよ。何しろお祖父さんは、しゃべらない人でしたからね。一緒になってからの私の記憶では、その博士はもちろん、関係機関からの連絡も一度もありませんでした。赤紙一枚で戦争に駆り出された時代でしたからね。死ななかっただけまし、って扱いだったんじゃないのかしら」

静かな表情の下には、哀しみに似た諦《あきら》めが漂っていた。おそらく何度も憤り、泣き、それを繰り返して底知れない空しさを味わったのだろう。自分の意思や力ではどう動かす事もできない戦争という圧倒的な体験が、祖母をそこに追いこんだのに違いなかった。

「お祖父さんとしては、出陣していった学友の事が頭にあり、自分も何らかの形でお国に尽くさなければ男が立たないって気持ちだったんだと思います」

青少年の愛国心を利用したのだ。怒りが再び熱を帯び、猛烈な方向性を持つ。その柳沢博士が乾燥ＢＣＧワクチンで評価され、出世などしていたとしたら、絶対に許せないと思った。

「で、故郷の長崎に帰る途中で原爆が落ちてね。交通機関が停まってしまったから、歩いて自分の家までたどり着いたようです。爆心地から四キロちょっとの所だったの」

朧《おぼろ》な記憶をたどる。祖父の家は、低い里山の下から三分の二程の所にあり、山頂まではわずか数分。そこまで行くと、長崎の街と湾が一望できた。

「爆心地との間には、お祖父さんの家が建っていた山と、さらに向こうにもう一つの山があって、おかげで家族全員が助かったんです。無事を確認すると、お祖父さんはすぐ被爆地に救護活動をしに行ったようですよ。いかにもお祖父さんらしいわねぇ。何も言わずに黙々と活動している姿が目に見えるようです。その後は、さっき話した通り」

祖母は魔法瓶の上蓋《うわぶた》ロックを外し、急須《きゅうす》に湯を注いで二つの茶碗に注《つ》ぎ足す。立ち上がった湯気が一瞬、白い布のようにその顔を隠した。

「私の父はよく言っていましたよ、彼は肺病病みだが、まぁ一病息災というし、何より抜群に頭がいい。きっと生まれる子供も天才だ。上杉家には優秀な後継ぎが必要なんだって。昔の男は、結婚となると家名第一なんだから困ったものです。でも確かに、あなたのお父さんは優秀でしたよ」

大学に残っていれば教授になれたはずだと母も常々言っていた。それは医学部学生のエリートコースの一つなのだ。だが父は、それを選ばなかった。祖父から何らかの影響を受けたのだろうか。そう考えながら、ふと疑問になる。

「お祖父さんは、ずっと肺を患ってたんですか。それでよく医師になれましたね」

祖母は目を伏せた。そのまま黙りこむ。どうもまずい所に触れたらしいと感じ、息を呑んでいると、やがて居住まいを正し、こちらに目を上げた。

「お祖父さんも亡くなった事だし、この際だから話しておきましょうか。在学中に戦争になってしまったせいで、お祖父さんは大学を卒業できなかったんです」

その時になってようやく、玄関から続く廊下に掛けられているのが合格通知書だけである理由がわかった。

「戦後、私の父が再入学するように勧めましたが、無言で拒否するばかりで結局行きませんでした。今から考えると、お祖父さんは、根を詰めて何かを目指す事のできない人になってしまっていたんだと思います」

ここにないものを見つめるようなその眼差に、問いかける。

「なぜですか」

戦地で戦闘を体験してＰＴＳＤを発症、それ以降の生活に困難を生じるようになった軍人の例がベトナム戦争後のアメリカで多数報告されていた。だが祖父の場合はそれには当てはまらない。抱いた夢を放棄せざるを得なくなった訳を知りたかった。

「理由は、はっきりしません、実験台になった時の結核菌がなお体の底で蠢《うごめ》いていて集中力や気力を奪ってしまうような状態だったのか、原爆投下の三日後に爆心地を歩いたからか。あるいは研究者になるという夢に破れて人生を儚《はかな》み、もう投げてしまっていたのか。きっと、そのどれかでしょう。もちろん医師免許も取りませんでした」

医師ではなかったという事になる。だが看護師たちからは、先生と呼ばれていたはずだ。

「それで私が奮起して医師免許を取って、医院を継いだんです。でもお祖父さんは知識が豊富だったし、鋭い勘を持っていたから何かにつけて助言をもらったり、手伝ったりしてもらいました。看護婦たちにも尊敬されていましたしね」

そう言われてみれば、診察室で患者を診ていたのは、確かにいつも祖母だった。祖父は奥で机に向かってカルテを見ていたり、看護師に交じって薬棚のあたりに立っていたりしたのだった。

おそらくそれは、祖父が望んだ自分像ではなかっただろう。意に反した人生を歩んで没した祖父の顔を思い出す。厳めしいとしか感じた事のないその顔に、深い陰があるのが見えた気がした。

「ずい分長くなってしまいましたね。で、その写真、どこにあったんですか」

祖母の話は、きっちり元に戻ってくる。祖父だけでなく祖母も、かなり頭がいいらしかった。誤魔化しきれないと感じ、やむなく答える。

「在処《ありか》は秘密です。でもプリントアウトしてお返しします」

祖母はしかたなさそうに微笑んだ。

「お願いしますね。だってお祖父さんはもう死んでしまったんですもの、これ以上、思い出は増えないし、今ある物を大切にしておきたいんです」

たぶん父も、いずれは戻すつもりでいるのだろう。わからないのは、その目的だった。

「この話って、父も知ってるんですか」

祖母は、考えこむ。

「纏《まと》めて話すような機会は、今までなかったんじゃないかしら。あの子からは、聞かれた事もなかったと思います。でも何かの折に、部分的に話したことはあったかも知れませんね」

そう言いながら眼鏡を外《はず》し、蔓《つる》を畳《たた》みながら思い出すように目を細めた。

「葬儀の時、何気なくあの子を見たら、昔のお祖父さんにそっくりになっていて驚きました。無口でしゃべらないところも、ね」

嘆くような、懐かしむような口調だった。

「人は死んでも、こうやって繋《つな》がっていくのねぇって思いましたよ。昔読んだ事があるの、生命は有形にも無形にもすべて繋がり合っているって。お祖父さんと同じ九州で生まれてその地で死んだ作家の言葉よ。その時はメルヘン過ぎると思ったけれど、ようやく納得できた感じね」

5

家に向かいながら、祖父に連れていってもらった浅草の天婦羅屋を思い出す。ずっと不可解だった事が理解できた気がした。祖父はおそらく、繁盛していない商店や商売人に自分を重ね合わせていたのだ。その暖簾《のれん》をくぐった時には、誰も助けてくれなかった昔の自分を、今の自分が助けるような気持ちだったのだろう。

やるせない気分で自転車を漕《こ》ぐ。暮れなずむ夕方の光が、並木や道路脇の家々の輪郭を輝かせていた。外形だけが浮き上がっている街の中を、虚《うつ》ろな思いで走り抜ける。

そんな祖父に、自分はなぜもっと優しくしてやらなかったのだろう。祖父の気持ちを癒やせなかったばかりか、ゲームをしていた方がましだったなどと考えていたのだから、孫としても人間としても最低だった。

家に帰り、パソコンの前に座る。ネットを検索し、柳沢博士を見つけた。名前は謙と書かれている。

って帝大医学部卒業後、伝染病研究所に勤め、公衆衛生院を経て結核予防会研究部に入っていた。昭和十七年から乾燥BCGワクチンの研究に取り掛かっており、祖母の話とほぼ一致している。別のサイトによれば、乾燥BCGワクチンが人体接種されたのは昭和十八年とあった。その対象は某集団と記されており、おそらく軍隊だろうと注釈がついている。

伝染病研究所を調べると、大正五年から帝国大学附置で、戦後はその半分が厚生省の国立予防衛生研究所となっていた。公衆衛生院の方は、現在は統合されているものの、場所は祖母の言っていた通りに白金台で、二つは同敷地内に建っていた。その映像を探し出し、見つめ入る。

柳沢謙博士は国立予防衛生研究所の所長となり、その他いくつもの名誉職を務め、WHO世界保健機構の日本代表にもなり、乾燥BCGワクチンの研究と業績で科学技術庁長官賞やその他の賞を受けていた。学界に偉大な功績を遺した人物と称えられている。

読みながら、熱い雨に打たれている気分になった。皮膚から染み入った熱が体の芯でマグマのような火溜りになり、それが内側から全身を炙《あぶ》る。自分の表面が黒く焼け焦《こ》げて乾き、亀裂が入っていくのを感じた。その裂け目から何かが噴き出していく。

それは怒りのようでもあり、哀しみのようでもあった。

柳沢博士の栄誉は、祖父らの犠牲の上に成り立っている。その人体実験さえなかったら、徴兵免除されていた祖父の人生は違ったものになっていたはずだった。

数々の賞に輝いた柳沢博士は、その時、自分の研究の犠牲になった人間たちに、ほんの少しでも思いを馳せただろうか。自分が誰かの人生を断ち切り、あるいは曲げた重みを自覚していたのか。

もし自分の成功の下の犠牲を忘れていなければ、時期を選んでそれを公表し、謝罪した事だろう。戦時中という特殊な状態であったにしろ、医学を志した人間に人体実験など許されない。それに手を染めておきながら、本人も関係者もそんな事などなかったかのように包み隠し、平然と賞賛に与かっているのは恥知らずというよりなかった。

あるいは、それは当然の事だったのか。博士という地位にある人間の研究を成功に導くために、それ以下の者が命や人生を捧げて献身するというのは、研究者の世界では当たり前なのか。だから謝罪しないのか。それが学界であり研究者の実態だとしたら、自分は絶対に関わりたくないと思った。人間の尊厳を無視し、踏みにじって顧みないそんな世界で生きたくない。

ひょっとして父は、これを知っていたのだろうか。それで研究者の道を選ばず開業医になったのだと考えれば、母の疑問にも答が出る。そうだとすれば、それは和典が母の影響を受けずに自分だけで見つけた初めての父親像だった。心がじんわりと柔らかくなっていく。思わず微笑みながら、自分の内に生まれた新しい父を見つめた。

第二章　記憶

1

父は何をするために長崎に通っているのか。血痕は誰のものか。祖父の写真はどう関わっているのか。それらの背後に、まだ見た事のない父の姿があるような気がした。それを知りたいと思いつつ恐れ、恐れつつ知りたいと思っている。不安定なその均衡に、真実を見つけ出したい気持ちが伸《の》し掛かって突き崩し、心を謎の直中《ただなか》へと押しやった。

若武らとチームＫＺ《カッズ》を作っていた中学時代を思い出す。学校側から犯罪者集団と危険視され、母から監視されながら、ひたすら冒険と非日常を求めていた。その時の無心さと高揚感、それだけが生きる原動力だった時期が鮮やかに胸に甦《よみがえ》る。真実を追いかけずにいられない気持ち、そのほとぼりは今も残っているらしかった。

両手を開いたり握ったりしながら部屋の中を歩き回る。父は、写真を密かに持ち出していた。それを祖母に知られたくなかったのだ。血痕を隠したように、写真の持ち出しも隠している。それらの一つ一つから不穏な臭いが立ち上ってきていた。いったい何があるのだろう。どうすればそれを引きずり出せるのか、どうやってそこにたどり着けばいいのだろう。

皆目わからず、見当さえもつかずにベッドに身を投げる。長崎の実家は売却したはずだ。だがそこに何かが残っていて、父はそれを求めて足を運んでいるのかもしれない。ゲームなら、地下室に埋蔵金があるとか、遺体が隠してあるとかいうところだ。

起き上がってスマートフォンを取り上げ、祖母に電話をかけてみる。

「長崎の家は、売却したんだよね。建物は、まだそのままあるの」

意表を突かれたらしく、答が返ってくるまでにしばらく時間がかかった。

「二、三年は、そのままでしたよ。知り合いの社長さんが、見事な家だから壊すのは惜しい、うちの会社の迎賓館にするから譲ってくれないかっておっしゃってね。でもその後、亡くなられたんです。アメリカで始まったリーマンショックの余波で、たくさんの負債を抱えてしまわれたようで、ご自宅や会社も、もちろん柳瀬の家も、不動産業者の手に渡って取り壊され、更地になりました。ご近所の方々の話では、景観がいいし土地も広いから、跡地にマンションを建てる計画が進んでいるとか。でもお祖父さんが入院してからは、私も時間的な余裕がなくて次第に疎遠になってしまっていて、今はどうなってるのかわかりません」

マンションを建設するとなれば、相当掘り起こすだろう。地下に何かがあれば、その時点で全部出てしまっているに違いなく、今さら父が通って掘り出すものなどありそうもなかった。唯一の手がかりを失い、いささか気落ちしながらなお聞いてみる。

「家の他に、何か残ってるものって、ないの」

畑とか貸地、貸家などがあるかもしれないと望みを繋《つな》ぎつつ、耳を傾けた。

「今はもう何もありませんね。三つのお蔵にあった壺や掛け軸なども兄弟で分けて、それぞれ持ち帰りましたし。その兄弟も、もう誰も長崎には住んでいません。本当に何も残っていないって感じですよ。縁は切れています」

進退窮《きわ》まった気分で電話を終え、長崎市内の住宅地図をダウンロードした。祖父の実家のあたりを検索してみる。確かにマンションが建っていて埋蔵金および遺体説は成り立ちそうもなかった。元々ゲームからの安直な発想であり、そのこと自体の落胆は大きくなかったが、他に何も考えつかず途方に暮れる。

立ちこめる靄《もや》の中を見回しているようなはっきりとしない気分で、父の長崎行きには誰かが関係している可能性が高かったと思い出した。誰かとは誰だろう。父の知り合いに違いないが、友人か、それとも仕事仲間か。父は、なぜその人物と手を結んだのだろう。

謎は、増える一方だった。解決を図ろうとして墓穴を掘っているようなもので、頭を抱えたくなる。打開策が見つからなかった。

父本人に聞いてみるという手はある。だが先日のように恍《とぼ》けられれば、それで終わりだった。しかもこちらの動きを知られる破目になる。これは最後の手段として取っておくしかないと考えながら、スマートフォンの画面に長崎往復の記録を呼び出した。

父が最後に行ったのは先々週であり、今後も出かける可能性がある。その後をつけたらどうだろう。どこに行って何をするのか、わかるに違いない。

そう考えながら固唾《かたず》を呑む。父は大量の血痕が染みつくような何かを、またするつもりなのだろうか。和典が知っているのは先々週の一件だけだが、これまでの計十二回、その度《たび》に同じ事を繰り返してきたのかも知れない。後をつけていけば、そんな父を見なければならなくなるのだ。

手の中でスマートフォンが鳴り出す。目をやれば母からだった。香典リストの催促だろうと思い、うるさく言われる前に答える。

「今日中にやるから」

母は、呆気《あっけ》にとられたような声を出した。

「電話かけたのは、神戸の別荘の件よ」

早く切りたくて素っ気なく答える。

「それ、俺には、どーでもいいから」

本当は、その先まで言いたかった。こっちは取り込んでるんだ、かけるな。

「兄がね」

母は頓着《とんちゃく》なくしゃべり続ける。

「ついにあそこを売る気になったらしいの」

神戸の別荘というのは、母の祖父が昔買った神戸市中央区の異人館だった。購入してからしばらくは、一族で自由に使っていたらしいが、昭和五十四年、あたり一帯が伝統的建造物群保存地区に指定されてから規制が厳しくなり、建て増しや壁の塗り替え等、一切の手を加えられなくなった。古い建物だけに補修しなければならない部分も多々あり、その際、利便性を考えて現代風に変えようとすると規制に引っかかる。

近年、親族が顔を合わせると、不満の声が喧《かまびす》しかった。

「このところ頓《とみ》に市がうるさくなってるし、思い切って売って別の場所に新しい別荘を買いたいって言うから、私が止めてたのよね。今手放したらたぶん二度とゲットできないわよ、投機物件としてもうちょっと持っておいたらって。でもさっき電話かけてきて、市と売買交渉を始めたって。いよいよ手放す気みたい」

どこに行き着くのかわからない話ほど、苛立《いらだ》たしいものはない。結論から言えよと癇声《かんごえ》を出したくなるのを堪《こら》え、いい加減に聞き流していると、その空気が伝わったらしく母の声が急に大きくなった。

「あなたもねぇ」

咎《とが》めるような響きが加わる。

「あそこに置きっ放しの物があったんじゃないの。自転車とか服とか。早めに一度見て、片しときなさいよね」

とたんに甦《よみがえ》った、その裏庭で自分が起こした事件の記憶。いつもは忘れているものの、折に触れて浮かんでくる白昼夢のような出来事だった。

「忌引きなんだから、行くにはちょうどいいんじゃない。どうせこれからは大学受験で忙殺されて、時間取れないわよ」

花水木《はなみずき》の白い花弁と飛び散った鮮血。悲鳴も上げず、大きな黒い目でこちらを見つめていた少女。

確か、タズと呼ばれていた。

2

和典はまだ幼稚園児で、季節はたぶん春。小道の両側に立つ銀杏《いちょう》の樹には、吹き出すように新しい葉がついていた。そこを歩いていくと、山吹《やまぶき》の花が咲き乱れていて、あたり一帯が華やかな黄金色に染まっている。その先に大きな花水木の樹があるのだった。

下から見上げれば天に届きそうなほどの高さで、枝を張り広げている。まだ葉の出る前で一面に白い花が開き、まるで降ってきた雪のようにふんわりと枝に載っていた。幹には和典の頭より高い部分に傷があり、そこだけ色が変わっている。

それは裏庭で、枝先が屋根に触れている栗の樹のそばを通って回りこんだ先だった。手入れの行き届いた他の庭と違って薄暗く、フェンスもなく、半ば後方の里山に同化している。山遊びをする人々や子供たちが時折、間違って入り込むような場所で、家族は滅多に足を運ばなかった。大人の目の届かない自由さがうれしくて、そこで昆虫を捜したり、草花を採集したり、切り株に腰かけて本を読んだりした。

背後の灌木《かんぼく》の間から、いくつかの顔がのぞき、声がかかる。

「あんた、都会の子やね」

地元の子供たちだった。すぐに、一緒に遊ぼうと話が纏《まと》まる。

「ほな餅《もち》搗《つ》き、せぇへん」

そう言い出したのは最初に声をかけてきた色の白い少女で、皆より頭一つ分、背が高く、年齢も和典より上だった。

「花水木、見てみ。白くてお餅みたいやろ」

タズと呼ばれており、一人だけ大阪弁でしゃべる。和典は、今年の正月に初めて餅搗きをした楽しい記憶がまだ新しく、即座に同意した。

だが臼《うす》も杵《きね》もない。庭の道具小屋を捜し、壁に立てかけてあった鉞《まさかり》を見つける。長い柄の先から金属部分が突き出していて、外形は杵に似ていた。それで充分搗けると判断し、和典が持ち出す。

地面に輪を描くように小石を並べ、その中に摘み取った花水木の花を入れた。甘い香りが立ち上る。和典が搗き手、タズがそれを引っくり返す役で、他の子供たちは搗き上がったものを丸めるために、そばの水道で手を濡らしながら待っていた。
数回は、うまく搗けた。だが次第に腕が疲れてきて、何度目かに持ち上げた時には
ふらっとし、鉞の重みを支えきれずにそのまま下ろしてしまったのだった。下ではタ
ズが花弁を引っくり返していた。
「退《ど》いて」
そう言ったような気もするが、一瞬の事で言えなかった気もする。鉞はタズの後頭
部に当たり、横倒しになって地面に落ちた。直後に血が噴き出す。タズの顔に網でも
かけたかのような赤い模様が浮き出し、そのまま流れ落ちて肩を覆《おお》い、服を染めた。
周りにいた子供たちはいっせいに逃げ出し、その後の事はよく覚えていない。
夕方になってから車で病院に行き、謝る母親の後ろで、ただ立っていた。それは病
室ではなく診療室の薄暗い廊下で、タズはこれから自分の母親と一緒に自宅に帰ると
いう事だった。親同士が話し合う中、和典は言葉を挟めず、謝らねばと思いながらタ
ズの頭に巻かれたまぶしいほど白い包帯を見ていた。それが花水木の花びらに重な
る。タズは白い花冠を被《かぶ》っているかのようだった。
「意外に軽い怪我でよかったわ」
別荘に戻ると、母は、滞在していた親族たちに状況を説明した。

「もしモメるようなら弁護士を立てなくちゃと思ってたんだけど、先方の親が割と人が良くて、まぁ田舎者なんでしょうけど、こちらの条件を呑んでくれて、すんなり解決したのよ。ほんと助かったわ。慰藉料は弾んだけどね、まぁこっちが加害者なんだし、しかたないでしょう」

電話で父に報告してから、和典に向き直る。

「この事は、もう忘れましょう」

仮面でも被ったかのような無表情だったが、目には有無を言わせない威圧的な光があった。

「忘れるのよ、いいわね。二度と口にしないで」

母のその態度は、今も腑《ふ》に落ちない。当時、母は、和典を支配下に置いていた。完全にコントロールしながら、小まめに自立の芽を摘んでいたのだ。そのためならどんな事でもしたものだ。そんな母にとってこれは和典に、自分は母に頼るしかないのだと知らしめる絶好の機会だった。

厳しく叱りつけ、あなたはとんでもない事をしたわね、とか、後始末はママがしてあげましたからね、とか、これからは一人で行動しないで、とかいう言葉で自分たちの関係をより濃くする事ができただろうし、和典もそれを受け入れるしかなかっただろう。

だがこの時は、忘れなさい以外の何も言われなかった気がする。なぜ母は、チャンスを逃したのか。親戚の手前を考えて止めたのか。それとも和典の方が、事件の当事者になった衝撃で覚えていないのか。いまだに判然としない。

その後、この一件は禁忌となったらしく、皆が集まって思い出話に花が咲いても、誰の口にも上らなかった。和典は別荘の裏庭に足を向けなくなり、タズとはあれ以降会っていない。そもそもあの時が初めての出会いで、どこに住んでいるのかも、本当はなんという名前なのかも知らなかった。

ただ記憶の中にだけ染みのように残っていて、時折、立ち上がってくる。そしてすぐにぼやけ、隠れてしまうのだった。確かに自分がした事だったにも拘《かかわ》らず、少しも身に迫ってこない。他人に起こった事か、あるいはバーチャルでも見ているかのように現実感がなかった。時々は、あれは夢だったのかも知れないとすら思えてくる。曖《あい》昧模糊《まいもこ》として実体の摑《つか》めないそれが苛立《いらだ》たしかった。

「行くんだったら、連絡しとくけど」

母の言う通り、別荘には自転車を置いてある。他にも本が何冊かあり、ウォークインクローゼットには服やスニーカーも入っていた。和典ばかりでなく従兄弟たちの分もあり、皆で着回していたのだが、自分の物だけは片づけねばならない。行ってみようか。ついでにタズについて聞いてみようと思いつく。別荘を管理している夫婦なら知っているだろうし、ひょっとして本人に会えるかも知れなかった。

二年間に及ぶ父の長崎行きの最短間隔は三週間、先々週行ってきたばかりで今週中は動かないだろう。神戸なら日帰りも可能で、タズの問題も含め、ちょっと行けば片づけられそうに思えた。今まで折に触れて感じてきた奇妙な感覚、それに決着をつけられると考えて晴れやかな気持ちになる。

「行ってくる」

3

その夜、母から頼まれていた香典のリストを作成、プリントアウトしてダイニングのテーブルに置くと、必需品だけを厳選し、黒いスリングバッグに纏《まと》めた。翌朝それを肩に掛け、革のスニーカーの紐をしっかり締めて新幹線に乗る。両手が空いている感覚が好きだった。人間が進化したのは、空いた両手で作業をする事を覚えたからだと習った。後生大事に荷物で両手を塞《ふさ》いでる奴なんか猿に戻れと思いつつ、新幹線の車両ドアを入る。

自由席に座っていたが、新横浜から乗りこんできた中年女性の数人が一緒に座りたい様子だったので、席を立った。その近くで座席を物色するのも嫌で、隣りの車両まで歩く。ところが席が見当たらず、ドアのそばに立った。富士山を見上げたり、大井川を見下ろしたり、あっという間に通り過ぎるいくつもの駅名標を数えながら名古屋に入る。

次第に混んでくる車内で、なんとか壁際を確保し寄りかかっていたものの、乗りこんできた子連れの若い母親が和典の前に立ち、車両が揺れる度《たび》にフラフラする。場所を譲りたくて、そこから離れた。とたん四十代半ばの男性が母親を押しのけるようにしてそこに滑りこむ。思わず怒鳴りそうになった。車内の平和を乱す覚悟があったら、きっと言っていただろう。「きさま、将来の納税者を育てる母性に敬意を払えっ」

男性は和典の敵意を知ってか知らでか、車両の揺れにまかせて目をつぶる。にらんでいたものの空しくなり、横を向いた。脇にいた幼女と目が合う。微笑みかけると、いきなりアカンベされた。いささか鼻白む。

「ママ、この人がにらむ」

子供を相手に言い争ってもしかたがない。黙っていると、隣りでスマートフォンに見入っていた母親が、こちらを見もしないで答えた。

「知らん振りしときなさい。相手にしちゃだめよ。変な人、多いからね」

さすがに不愉快になる。スマホでゲームやってないで、きちんと公衆道徳を教えろよと、言いたいところだった。

「今度はママの方にらんでるよ」

「無視よ無視。大人の対応しようね」

こちらも無視するしかないと悟りを開く。黙りこんだまま新神戸に到着した。降りながら振り返ると、幼女が再びアカンべする。今度は和典もやり返した。報復できた事で、やや気分を持ち直す。親子はどこまで行くのだろう。終点なら広島だった。里帰りだろうか、あるいは逆で、里帰りの帰りか。あれこれと想像しながら別荘に向かった。

バスに乗ってもよかったのだが、売却となれば、ここに来るのもこれが最後になるかもしれない。あたりを見たり、思い出したりしながら歩く事にした。

駅から北野に向かう道は、地下鉄三宮からの坂道に比べて傾斜が緩《ゆる》く、観光客の姿も少ない。いったん高台に出てから、別荘に向かって遊歩道を歩いた。見下ろせば、緑の中に様々な色や形の屋根が埋もれている。海は見えなかった。

耳元を微《わず》かな風が吹きすぎ、そこから疑問が零《こぼ》れ落ちて胸に溜まる。あの日、タズの病院に向かう途中、自分は車の中から海を見ていたのではなかったか。

改めて見直すものの、視界の中にやはり海はない。昔の記憶を呼び覚ましてみても、この位置から海が見えた事はなかった。別荘の中で海の見える部屋は二階の一室きりで、親族が集まると取り合いになっている。あの時は、直後の事を覚えていないほど動揺していた。何か勘違いをしているのかも知れない。

別荘の前に立ち、チャイムを鳴らそうと手を伸ばす。一瞬早く庭に通じる枝折《しお》り戸が開き、管理人が姿を見せた。

「おう、いらしてたんですか」

パナマ帽を被《かぶ》り、スモックを着て、手にはスケッチブックを持っている。顔色は悪くなく、術後の経過は順調なようだった。

「新幹線は、座れましたかな」

よく手入れされた髭を蓄《たくわ》えており、年齢も七十代初めとあって一見重々しく見えるが、話をしてみればそうでもない。好奇心が強く、無垢で人を疑わず、誰の提案にもよく乗り、口癖は「それはおもしろそうですな」だった。

失敗も多いものの落ち込まず恨む事もなく、常に泰然自若《たいぜんじじゃく》としている。パチンコと麻雀が大好きで煙草を吸い、酒も飲み、母は未《いま》だに「あれで都内の小学校を校長まで勤めたなんて信じられない」と言っている。

夫の価値観を自分のものとしている同い年の妻も教員で、夫婦そろって六十歳の退職を迎え、新しい人生にチャレンジをと考えて仕事を捜していた。その経歴が、盆暮れには子供たちの学習指導もできる住み込み管理人を求めていた母の兄の思惑と合致したのだった。

だが雇ってしばらくすると、半ばサービス業に等しい別荘管理人としては、およそ不適格な二人である事が判然とする。

「呑気で鷹揚《おうよう》といえば聞こえはいいが、目端《めはし》もきかず気もきかず、仕事も捜さず常にのんびり待機状態」

というのが伯父の評価で、自分が生き馬の目を抜く貿易会社のやり手管理職だけに、夫妻の悠長さが堪《たま》らなく気に障《さわ》ったらしい。

ところが伯父の妻や姉、妹たち女性陣には、大層好かれた。夫婦共に実直で裏表がなく、拍子抜けするほど明るく軽い所が支持されたらしく、伯父の不評を余所《よそ》に今ではこの別荘になくてはならない存在だった。昨年から今年にかけて夫が入院手術をし、その間、妻が付き添っていたため、ここは無人だったが、二人のこれまでの功労を考えて誰も文句を言わず、掃除も料理も自分たちで熟《こな》していた。

「おい、お着きになってるぞ」

夫が玄関チャイムを鳴らす。すぐドアが開き、妻が顔を出した。

「まぁすみません、気がつかなくって。何だか話し声が聞こえるって思ってたんですけど。お疲れでしょう。どうぞお上がりになって」

ふと心配になる、伯父がここを売ったら、この二人はどうするのだろう。教職員時代の年金で生活には困らないだろうが、新しい人生へのチャレンジは潰《つい》える。金があって暮らしていけるというだけでは、人間は幸せにはなれないだろう。

「お掃除はすませてありますが、先にお昼になさいますか。新鮮な卵が届いてますけど」

「ああ今朝食べたのだろ。うまかったよね、あれは」

「料理の腕も、褒《ほ》めてくださいね」

「もちろん褒めますよ。料理だけでいいのかな」

冗談交じりに笑みを交わし合っている。それを見ていると、余計な心配は無用に思えてきた。この二人ならどこに行っても、一緒に居さえすれば幸せなのに違いない。

「あの、僕が幼稚園の頃の話なんですが」

玄関を入りながら、奇妙な事に気付く。あの事件が起きた時、この二人はどうしていたのだろう。ここに住みこんでいるのだから、あの時もいたはずだ。だがその姿が、記憶のどこにもない。

「僕と同い年くらいで、タズって名前もしくはニックネームの女の子、ご存知ないですか。この辺に住んでたはずなんですけど」

夫婦は顔を見合わせた。

「私は知らないが、おまえは」

「私もです。和典さんが幼稚園の頃なら、私たちがここに来て間もない時期ですよ。地元の人たちと馴染《なじ》むために町内会の役員や子供会の世話役を引き受けてたんですけど、タズって呼ばれていた子は、いなかったように思います」

では地元の人間ではなく、和典と同様、別荘族だったのだろうか。そういえば一人だけ大阪弁だった。あの時は、他の子供たちの名前も飛び交っていたはずだが、その一つも覚えておらず、他に手がかりはない。

「そうですか。あ、昼をいただく前に、ちょっと裏庭を見てきます」

足を入れかけていたスリッパを脱ぎ、再び靴を履《は》く。玄関を出て左に折れ、建物の横に広がる湿っぽい杉林の中を歩いた。管理人夫妻に聞けば簡単にわかり、本人とも会えるかも知れないと思っていたのだが、どうも甘かったらしい。期待に満ちていた胸から、静かに空気が抜けていった。

苔《こけ》の生えた道を踏みしめ、裏庭に向かう。鉞を持ち出すなど、今考えれば実に危ない遊びだった。なぜあんなことを思いついたのだろう。当たり所が悪ければ、タズは死んでいたに違いない。そこに至らなかったのは、タズにとっても自分にとっても、お互いの家族にとっても幸運だった。もしそんな事になっていたら、今の自分はなかっただろう。

杉林を抜け、右手に回ると、そこには銀杏があり、その先に山吹が群生していて突き当たりには大きな花水木の樹があるはずだった。天に届きそうなほどの高さで、枝を張り広げ、一面に白い花をつけている。それはふんわりと枝に載っているかのように見えるのだった。後ろには灌木が茂っていて薄暗く、フェンスもなく、そのまま背後の山に続いている。

そう思いながら足を止めた。銀杏がなく、山吹もなく、花水木もない。切ったのかと思いながら見回すものの、背後には灌木の茂みもなく、そもそも山自体がなかった。鉞を持ち出した道具小屋も見当たらない。あたりは光の降り注ぐ平地で、敷地を囲む塀があり、その向こうには道路が通っていた。

ベンツが一台、スリーポインテッド・スターを光らせてジャッと通り過ぎる。呆気《あっけ》にとられながらポケットからスマートフォンを出し、別荘にかけた。家の中で鈴を振るような呼び出し音が響く。

「すみません、和典ですが、裏庭、改造しましたか。以前は花水木の樹があって、後方は山だったと思ったんですが」

しばしの沈黙の後、面食らったような返事が聞こえた。

「いいえ、そのままですよ。手を加えるように言われたこともありませんし。ああちょっと待ってくださいね」

電話口で妻に尋ねる。オブラートを被せたかのようなその声が、やがて再び鮮明になった。

「妻も、そういったものは見ていないそうですが」

ではあの花水木や後方の山はどうしたのだろう。目の前に広がる明るく平らな庭と、記憶の中にある暗い庭が交錯する。その波に揺られながら、待てよと思った。考えてみれば、ここに来てからずっと変だった。見たはずなのに見えない海、あの日に存在していなかったかのような管理人夫妻、そしてまったく違っている裏庭の景観。

4

シャワーヘッドから流れ落ちる湯の下で髪を掻《か》き上げながら、落ち着けと自分に言い聞かせる。これが現実だ。間違いない、これが正しい。おかしいのは自分の記憶の方だ。

花水木がなければ、あの事件も起こらなかった。現実味はないが、あれは全部、実際にあった事に間違いない。ただ自分の中で今、整合性が取れないだけだ。

もっと他に覚えている事はないのか。現実と突き合わせられるような何かがあれば、その誤差が手がかりになる。時間を追って記憶をたどり、頭に残るぼんやりとした映像を見回した。その中から辛うじて、母に連れられていった病院の名前を摑《つか》み出す。風頭総合病院。玄関はもちろん建物の上にも、横にも、車から降りた所にあったバス停にも同じ名前が書いてあった。塾で漢字は習っていたが、フウトウかカゼアタマかの判断がつかず、ただ漫然とその形を見ていた。

シャワーブースから飛び出し、スマートフォンで検索する。風頭という漢字を使った総合病院でサイトに載っているのは、全国で二つしかなかった。呼び名は片方がフウトウで、片方がカザガシラ。場所は前者が愛知県岡崎市、後者は長崎県長崎市だった。

長崎、その地名が脳裏でくっきりとした文字になる。痛いほどの鮮明さは、真実ゆえの強さのように感じられた。あの事件が起こったのは、神戸でなく長崎なのだ。二つの都市はよく似ている。古い貿易港を持ち、異国的な建物が建ち並び、海に面した坂の途中に街が広がっていた。神戸には母の一族が使っている別荘があり、長崎には祖父の実家があって盆暮れに親戚が集まっている。二つの街が記憶の中で入れ違ったのだ。だからあの時見えた海が神戸の高台からは見えず、あの日に管理人夫妻は存在せず、裏庭の景観はまったく違っていた。事件が起こったのは長崎だ。銀杏と山吹、そして花水木の庭は、長崎にあるのだ。タズも長崎にいる。

迷宮のようだった謎に答が見つかってほっとする心の奥から、微《わず》かな希望が立ち上がった。長崎は父が通っている街だった。そこで、着衣に血痕が染みつくような何かをしている。同じ所にタズが住んでいるなら地元で広まっている不審な噂とか、取り沙汰されている奇妙な話などを知っている可能性があった。訪ねていき、昔の事を謝って色々と教えてもらうのはどうだろう。

いったんそう思い、すぐさま疑念に囚われる。タズに会う事などできるのだろうか。

長崎の実家に集まる親戚たちは、神戸の別荘にやってくる親族よりひと世代上だった。祖父の兄で長男の清人が家を継ぎ、親戚や近隣と昔風の付き合いを続けていて、地域の事ならそこに遊びに来る親戚筋も含めて何でも把握していた。食事や休憩の際には、それが話題だったものだ。もしその時、和典がタズについて尋ねていたら、本名から年齢、家の内情までわかったに違いない。

だが今では清人はもちろん、その兄弟も妻たちもほとんどが亡くなり、二十代で家を離れて他県に出た下の弟二人が残るのみだった。家や土地も既に売られ、跡地にはマンションが建っている。そんな状況で、和典が幼稚園児だった十数年前、一度きり一緒に遊んだタズについて知っている人間がいるとは思えなかった。膨らんでいた風船が萎《しぼ》んでいくのを見ているような気分になる。

祖父の十人の兄弟が、それぞれの伴侶と子供たち、孫たちを連れて長崎の家に集まっている様子は見事なものだった。あちらでもこちらでも話し声がし、笑いが溢れ、幼い子が走り回り、台所には食材が積み重なり、家の前には車が連なり、夜は遅くまで明かりが煌々《こうこう》と灯っていた。家の中だというのに、まるで繁華街にいるかのような賑《にぎわ》いで、客間では不夜城さながらいつまでも酒宴が続いていた。それが今は、何一つとして残っていない。

今さら長崎に行って付近をうろついてみても、どうしようもないだろう。情報を持っているとすれば、母だけだ。あの時あの場におり、その後タズの母親とも接触している。賠償問題になっていたとしたら、そのすべてに関わったはずだった。

今まで母に聞いてみた事はない。自分が未《いま》だに拘《こだわ》っていると知られたくなかった。過去の些細な過失を一人で処理できない気の弱い男だと思われるのは沽券《こけん》に関わる。

その気持ちに変わりはなかったが、事態を把握しているのは母だけなのだ。不本意ながら、自分が築いてきた囲いを乗り越える決心をする。

「今、仕事中なんだけど、何」

電話に出た母は忙しげで、不機嫌だった。

「あのさぁ」

大した事とは思っていないが、ちょっと気になったといったふうを装う。

「俺が幼稚園だった時、長崎の家で女の子殴った事があったろ。鉱でさ。その子の母親と話したよね」

息を呑む気配がした。そのまま沈黙が続く。いささか不自然だった。

「そうだったかしら」

答が返ってきたのはしばらくしてからで、声は震えているのかと思えるほど不安定だった。

「よく覚えてないけど」

どうでもいいような些細な事までしっかり覚えていて、突っこんでくるのが常ではなかったのか。

「一緒に救急病院に行ったろ。軽くってよかったたって言ってたじゃん」

再びの沈黙の後、苦しげな息づかいが耳に流れこむ。

「思い出せないわね。じゃ忙しいから」

あっさり切られ、何とも割り切れない思いが残った。何かを隠しているような感じがしないでもない。だが、あの一件のどこに母が隠さねばならないようなものがあるというのだろう。大した事件ではなく、最初から最後まで全部はっきりしているというのに。明らかにおかしい母の態度が余分な謎を作り出し、行く手を阻んでいた。

苛立《いらだ》ちながら、この状態でできる事を考える。何一つ摑《つか》めていないのだから、現時点で明快になっている部分を起点にし、見えていないものへと遡《さかのぼ》っていくしかなかった。

母は、あの事件を隠したがっている。つまり隠さねばならないような何かがあるのだ。そういうものが存在しているとなれば、あれは実は大した事件だったという事になる。そこまで考えつくと、堰《せき》を切ったかのように一気に全貌が見えてきた。タズの怪我は頭だ。検査をした当日には何でもなかったものが、数日後に重篤《じゅうとく》な状態に陥るという話はよく聞く。それで賠償問題が再燃したとか、最悪の事態としてタズ本人が死亡したとか、あるいは昏睡状態になり未だに覚醒していないという事も考えられた。そうだとしたらそれは全部、和典のせいなのだ。思わず息が乱れる。緊張しながら、その先を想像した。父も母も、息子に精神的な負担をかけまいとして黙っている。一瞬そう思い、直後に笑い出しそうになった。父はともかく、あの母に限って息子のために口を噤《つぐ》むなどという事はあり得ない。声を大にして主張するはずだ。こんな大変な事になったのはあなたのせいだからね、私に負担をかけてるって事忘れないでよね。そのくらいは言うだろう。何でも利用して、自分の支配を堅固にする質《たち》だった。

それがあっさりした態度を取っているところを見れば、タズは問題なく回復したのだ。ひとまず胸を撫で下ろす。

よくよく思い返してみれば、これに関して母は当初から淡白だった。今も腑に落ちないほど母らしくなかったのだ。再び迷路に迷いこんだ気分になる。だが母がしゃべらない限り、これ以上先には進めなかった。

銀杏と山吹、そして花水木の裏庭に通じる道は、もう一本もないのだ。タズもまた古い思い出に埋もれている。新しい情報を手に入れられなければ、その中から引きずり出す事はできなかった。あの奇妙な違和感は生涯、抱いていくしかない。父の長崎行きに関してタズの力を借りることも不可能だった。

5

別荘の台所にたくさんあったらしい卵は、数種類の茸《きのこ》のチーズオムレツとなって昼食に登場した。夕食ではデザートに変身する。座布団のように大きなプディングで、メインは羊肉だった。赤のワインでほろ酔いになった管理人が、添えられた月桂樹の葉をフォークの先に引っかけて蘊蓄《うんちく》を語る。

「月桂樹というのは、月に生えているという桂の木の伝説から来た名前ですな。正確にはクスノキ科の常緑高木で、南ヨーロッパ原産。果実や葉はシネオール、リナロール等の薬用成分を含んでいます。かつての中国では、樹皮を煎じてフグの解毒剤として用いたとか」

敬服した生徒のように頷《うなず》き続ける妻を見ながら、和典は暖炉に目をやる。昔、親戚一同で地中海クルーズに出かけた際、エクサン・プロヴァンスで伯父が月桂樹の薪を買った。その冬、それをここに持ち込んで燃やしたのだった。うっすらとした紫色の煙が漂い出て、部屋中が地中海の色に染まっていった。甘いその香りが、今も胸の奥に残っている。

「ギリシア神話において月桂樹は、大神ゼウスの子にしてオリンポス十二神の一人、芸術の守護神アポロンの聖なる樹とされております。アポロンを主神とする祭の勝者には、この葉で編んだ月桂冠が与えられたようですな。これはオリーブの葉で冠を作ったオリンピアの祭典とは別物です。確かにオリーブも、アポロンを象徴する樹ではありますが、これにはちょっと変わったエピソードがありまして」

話は次第に脇に逸《そ》れ、またいつの間にか元に戻って止めどなく流れる。和典がこの別荘に来る時にはいつも家族と一緒で、同じ時期に滞在する親戚などがいれば、共に食卓を囲むのが常だった。管理人夫妻と食べた事は、これまでに一度もない。先ほど、どうするかと聞かれたのだが、未知の経験にチャレンジするつもりになった。

「で、そのプーシキンですが」

テレビの教養番組のようにザックリとした話だったが幅が広く、語り口もなかなか楽しくて飽きがこない。どこに飛んでいくかわからない不思議な魅力もあった。

「長編詩『コーカサスの虜《とりこ》』は、同タイトルでトルストイも児童小説を書いています。岩波少年文庫に収録されておりましてな、私が歴任した各校の図書館にも」

話し好きの校長は、小学生に好かれただろうか。院内学級の手伝いをしていた時の生徒たちの顔を思い出す。今時の小学生は、誰もが「上から目線」だった。長い話にはうんざりして聞く気をなくすし、話し手を揶揄《やゆ》の対象とする。だが話す側がお人よしであるとわかれば、溜め息と共に許してくれる事が多かった。その類の校長先生だったのかも知れない。

「かくてバイロンは」

終りそうもない話の終止符は、おそらくワインが打つのだろう。そう考えてボトルの残量に目をやる。できれば果てしなく聞いていたかった。自分が抱えている問題の中に引き戻されたくない。だが瓶もグラスもやがてすっかり空になり、管理人はナフキンを丸めてテーブルに置いた。

「それでは、ゆっくりお休みください。私は、ちょっとブレイクタイムを」

そそくさと立ち上がり、外に出ていく。

「まぁ、カッコを付けて」

妻は呆《あき》れたような顔で首を横に振った。

「でも今夜は、よくもった方ですよ。いつも大抵、中座するんですから。禁煙してって言うと、気合いでも入れるような大声で、Ｏｈ、ＹＥＳって答えるんですけど、如才《じよさい》なく隠れて吸うんで、どうしようもありません。上杉家の方々は、誰もお吸いにならないんですよね。羨《うらや》ましいです」

苦笑する妻に向かって夕食のメニュウを褒《ほ》め、就寝の挨拶をして自室に戻る。ドアを閉めたとたん、中断していた難題が潮のように満ちてきて脳裏に広がった。

母の事はさておき、タズを当てにできないとなると謎の究明は全くの手詰まりだった。以前にも考えた事のある父の尾行しか頭に浮かばない。だが、どうやってその動きを知るのか。

スマートフォンを開け、保存してあった搭乗券の一覧表を見直す。使っている便の時間は見事にバラバラで、父が何時に出かけるかの予想はつかなかった。四六時中、見張っている事はできない。忌引きが明ければ、学校にも行かなければならなかった。あれこれと考えるうちに、スマートフォンの位置確認機能で監視しようと思い立つ。中学の時、和典を見張るために母が入れた家族用のアプリが、そのままになっていた。

ホーム画面に戻り、アプリを起動させて自分の所在地を非表示にし、父の現在地を調べる。一分もかからず、マップ上に居場所が浮かび出た。仕事場にいる。しばらく観察していると、やがて動き出した。アイコンの行方を追い、それが自宅に到着するのを確認する。二、三分経ってから、非通知設定で家の電話を鳴らしてみた。

「はい」

父の声を聞いてすぐ切り、感謝をこめてスマートフォンの画面を拭く。これで常時、居場所を把握しておき、動いたら即、追いかければ間に合うだろう。その時もし授業中でも、何とか脱出するしかない。タズに会う術もなく協力も頼めない今、この機能だけが頼りだった。

その夜は、変な夢をいくつも見た。現状が不安だったのだろう。ノンレム睡眠になかなか入れず、何度も目が覚めては寝返りを繰り返す。アプリに並行して別の手を打った方がいいとわかっているのだが、具体的に思い付かず、もたついている自分が腹立たしかった。熟睡感のないまま朝を迎える。新鮮な光が暴力的に思えるほど健全さから遠かった。

「お早うございます」

管理人の屈託のない大声が、眩暈《めまい》を誘う。それでも朝食が終わる頃までには、何とかいつもの自分を取り戻した。庭にある物置小屋の鍵を開け、芝刈り機や脚立の奥に突っこんである自転車を引き出す。ホースを水道に繋《つな》げ、ブラシできれいに洗った。

「このあたりの坂の多さを考えに入れて、かつ琉璃渓《るりけい》くらいまで遠征できるようなのを買っとけよ」

何年か前に従兄弟にそう言われ、カーボンフレームで軽い車体を選んだ。従兄弟の愛車に憧れて同じドロップハンドルにしたものの、真似《まね》たとからかわれるのが嫌で白いテープを巻いて差をつけてある。愛着はあるがこれに乗って帰るには遠すぎたし、宅配便で送っても家にはいつも使っている自転車があり、死蔵される運命だった。

「どこかに自転車引き取ってくれる店、ありますか」

台所に入り、故障したガス窯の修理に頭を悩ませている管理人夫妻に聞いてみた。まず夫が反応する。

「手放すんですか。まだ新しいのに。よかったら私にいただけませんか」

妻が目を丸くした。

「あなた、あれは若い人のですよ、ハンドルが下がってるの知ってるでしょ」

夫は、いつものように泰然自若、問題にもしない。

「赤いキャップを被れば、私だって若く見える」

そっちか、とは思ったが、ここで受け入れてもらえれば店まで行かずにすむし、知り合いが使ってくれるのはうれしい。喜んで進呈する事にした。

「これからコンビニに行くのにちょっと使いますが、帰ったら物置に戻しておきます。可愛がってやってください」

衣類と本を段ボールに纏《まと》め、コンビニに持ちこんで自宅宛ての宅配便伝票を書く。途中でメールの着信音が鳴り、開けてみると若武だった。

「今夜、遊ぼー」

どこにいても連絡が取れるメールやＬＩＮＥは、相手の居場所に無頓着になりがちだった。

「忌引きだと遊んじゃいかんって事もないだろ」

ないが神戸だぞと書き送る。間もなく返事があった。

「小塚、結構ショック受けて落ち込んでたぜ」

講堂でのやり取りを思い出し、多少反省する。

「だから言っといた、上杉も思春期だから揺れてるだけだろって」

偉そうな物言いだった。あの時、建前論しか吐けなかったおまえなんかに語られたくねーよと思いながら、最後の一行に目を通す。

「何とかしとけよ」

コンビニを出て、別荘に戻る。小塚は、よく言えば優しく、悪く言えば軟弱で、引きずるタイプだった。落ち込ませたのなら、確かに何とかしてやらないとまずい。だがあの時の話を持ち出して謝るのは、恥ずかし過ぎた。小塚にしても、真面《まとも》に謝られたら決まりが悪くてどうしていいのかわからないだろう。まずそれとなく様子を探ってみようと、電話をかける。

「最近、面白い話ないか」

小塚が出るなりそう言うと、焦《あせ》って何かを落としたらしく割れる音がした。

「あ、何かやってたの。切ろうか」

さらに慌《あわ》てたらしく、またも何かが壊れる音がする。相変わらず不器用だった。ここでまた声をかければ、状況はいっそう悪化するに決まっている。黙って待った。

「ごめん。大腸菌を培養してたシャーレ、落としちゃって」

和典にとって大腸菌は害をもたらすバチルスで、殺菌の対象でしかない。培養する気になる神経自体が信じられなかった。

「ああ心配いらないよ。大腸菌は、約二十分で細胞分裂するんだ。恒温器の中に入れとけば、明日の朝には元通りになってるから。えっとおもしろい話だっけ。蛞蝓《なめくじ》に学習能力があるっていうのは、どう」

興味はなかったが、目的は小塚の精神状態を探る事で、話は何でもよかった。

「餌の臭いを記憶し、一度食べて不味《まず》かった物は次には回避するっていう実験結果が出てるんだ。蛞蝓って、神経細胞の数は人間の十万分の一ぐらいだけど、生命体として必要最小限の働きはきちんとできる。つまりエコ的生物なんだよ。脳が損傷しても再生するし、視神経のある触角も再生する。蝸牛《かたつむり》から進化した事で無駄なエネルギーを使わずにすむようになってるしね」

蛞蝓が、蝸牛の進化形とは知らなかった。逆のような気がするのは、身一つの蛞蝓より、家を持っている蝸牛の方が格上に見えるからか。そんな自分は、現代社会に毒されているのだろうか。

「蝸牛の殻って、作ったり補修したりするのにカルシュウムやエネルギーを消費するんだ。背負ってると動きも鈍くなるし。それを切り捨てた蛞蝓は、最強かも」

妙に感心して引き込まれ、ひとしきり蛞蝓談義をする。小塚の豊富な知識に敬服した。やがて話題が途切れ、一瞬、沈黙が訪れる。

「あの、上杉さぁ」

そう切り出され、ヤバいなと思った。自分が触れたくなかった話に、真っ向から突っこもうとする気配を感じる。

「この間の事だけど、本当にそう思ってるの。僕らはもう関係ないって」

答に窮《きゅう》した。こうして電話をかけている事自体がその答だと言うに言えず、いく分苛立《いらだ》つ。

「ねぇ本当に、そうなの。なんで返事しないの。それが本当だから、なの」

もう切るしかないと思っていると、ようやく小塚の脳裏に光が射したらしかった。

「でも、わざわざかけてくれたんだよね。それは、上杉が僕を友達だって思ってるからだよね。そう信じてて、いいよね」

遅ればせながらどうにか結論にたどり着いてくれた事に、密かに感謝する。

「そうだよね」

友情を口に出したくなかった。暑苦しすぎる。クールな振りをしていたい。

「そうなんだよね」

捩《ね》じ込まれ、追い詰められながら答えた。

「じゃまたな。切るぞ」

小塚は最強だ。優しくて傷つきやすいが、いつでも没頭できるオタク趣味を持っている。夢中になっている時にはその事以外頭にないから、その最中にメンタルの傷が補修されるのだろう。いつも穏やかなのは、その蛞蝓並みの再生能力のせいに違いない。全人類が滅亡しても、あいつだけは生き残るかもしれない。むしろ若武の方が脆《もろ》い気がした。気分屋だから、崩れる時には一気だろう。あれこれ考えながら若武にメールを返す。

「小塚のフォロー、完了した。神戸から帰ったら遊んでやる」

すぐさま返事があった。

「きさま、超態度デカいな。いつ帰るんだ」

ちょっと考えてから答を打ち込む。

「そのうち。大人しく待ってろ」

スマートフォンをチノパンの後ろポケットに差しこみ、抗議のように鳴り響く着信音を無視した。笑いながら漕《こ》ぎ出そうとして、脇の電柱に貼られている広告の電話番号に目を留める。一一三‐一〇三三。両方とも素数、おまけにエマープだった。感動し、しばし見つめ入る。見ているだけでは足りず、スマートフォンを出して写真を撮った。すげぇと何度もつぶやく。

1と自分自身でしか割り切れない素数は、昔から多くの数学者の心を魅了してきた。素数であり、かつ逆から読むと別の素数になっているエマープは尚更《なおさら》で、双方とも孤独な数と言われている。だが和典は、エマープは密かに親友を持っているのも同然だと思っていた。自分を裏返すと、全く違った性格の存在が誕生するのだから。

その数は極少ないというのに、ここにさり気なく二つも並んでいる。奇跡に等しい発見が胸を駆けめぐり、血を湧かせ、心を浮き立たせた。角度を変えてもう一度撮る。祖父の葬式以降、数学からは離れていた。それにもかかわらず、こんな所で出会った数字にこんなにも胸が弾む。オタク気質なのは、小塚ばかりではないらしかった。

力を込めてペダルを踏み出す。数学の道を選んで研究者になろうか。幅が狭くて残念だと思っていたが、ピンポイントで深く没頭する人生もきっと面白い。夢中になれれば、小塚のように人類絶滅を超えて生き残れるだろう。

上機嫌で別荘に戻る。部屋の掃除をしてしまうと、それですべてが終わりだった。開けた窓から、外を見下ろす。海が見えた。ぼんやりと眺めながら祖父の実家からの光景を重ね合わせる。自分の意識が長崎から離れない事に苦笑しながら、待てよと思った。

あの日は、祖父もいたのだろうか。母がいたという記憶しかないが、いたはずだった。祖父の実家なのだし、母にしてみれば夫の父親の家で、戸主はその兄だった。母が一人で気楽に自分の子供を連れて行けるような場所ではない。おそらく祖父も一緒だったのだ。ということは、祖母も同行していた可能性がある。

昭和の初めに生まれた祖母は、同一の価値観を大切にする世代に属していた。周囲の人間の動向に関心を持ち、常に情報収集を心掛けていたに違いない。タズについても何かを耳に入れていたのではないか。高くなっていく鼓動を聞きながら電話をかけた。スマートフォンを耳に押し付け、祖母が出てくれるのを待つ。

「あら典ちゃん、お電話ありがとう。どうかしましたか」

飛び付きたい思いで話を切り出した。祖母は当惑したような声になる。

「そんな昔の事、今さら聞いてどうするの」

母に話すのには抵抗があるが、祖母にならそうでもない。年が離れているからだろうか。和典の五倍以上も生きているのだから、ゲームキャラなら相当高い経験値を持っているはずで、その目に稚拙と映るのはごく当たり前のように思えた。見下げられても屈辱感はない。

問題は、どう話すかだった。父絡《がら》みの事情を説明する訳にはいかない。祖母の心を動かせるような言葉を選ぶ必要もあるだろう。それは時に詭弁《きべん》を弄《ろう》するという言い方をされる事もある作業だったが、この際、止《や》むを得ないと思えた。

「俺、加害者ですからね。責任ってものがある。それを放棄したままでいたくないんです」

祖母は宥《なだ》めるような口調になる。

「まぁ大した怪我じゃなかった訳だし、子供のした事でしょう。責任なんて考えないで、もう忘れておけばいいと思いますよ」

後ろ向きだった。高齢で事なかれ主義になっているのか、あるいは和典の負担を大きくさせまいとしているのか。ここで祖母に口を噤《つぐ》まれてしまったら、手がかりはもう何もない。姿勢を正し、真剣さを伝えようと声に力を込めた。

「中途半端じゃ忘れられません。自分の中で解決がつかないんです。全部がはっきりしたら、きっと忘れられるでしょう」

呆《あき》れたような吐息が伝わってくる。

「まぁお祖父さんにそっくりね、頑固で強引で。でも言葉で説明してくれるだけ、ましかもしれません。お祖父さんなら黙りこんでしまって、十日でも二十日でも口をきかなかったものですよ」

さすがに大正生まれだと妙に感心した。頑固さが半端ではない。

「私は、直接は見ていません。あの日は、晶《あきら》が仕事で東京に帰ることになっていて、可奈《かな》さんが空港まで車で送っていこうとしていたんです。長崎は空港が遠いから」

父もいたのだった、まるで記憶にない。

「そしたら裏庭の方で子供たちの叫びが上がって、バタバタ走っていく音がしたので、二人が見にいったんです。しばらくして可奈さんがあなたを連れて戻ってきて、ようやく事情がわかったのよ。救急車の到着まで時間がかかると言われたので、晶が自分の車で病院に運んでいったという事でした。すぐお祖父さんがあなたの様子を診てね、体を温めて白湯を飲ませて寝かしてやりなさいと言うので私が部屋に連れていったの。あなたが寝ている間に、病院の晶から電話があって、傷は浅いようだから自分はこのまま東京に帰る、すぐ病院に来て向こうの親族と今後の話し合いをしてくれ、その際はあなたを連れていかないように、矢面に立たせるには幼すぎるからって。でも可奈さんは、自分一人が行ったんじゃ責任の所在がはっきりしないって言い張って、強引にあなたを連れていったのよ」

父がそういう指示を出していた事、それを母が実行しなかった事を初めて知った。諦《あきら》めという蓋《ふた》で封印してある母への様々な憤懣《ふんまん》が、ゆっくりと蠢《うごめ》く。

「怪我をしたのは、上隣りの山下家に来ていた親戚の子で、多鶴《たづる》さんです」

これも初めて知る事だった。喉の奥でその名前をつぶやいてみる。

「山下家には、お祖父さんの幼馴染みがいて、小さな頃は親しくしていたようですよ。野枝《のえ》さんといってね、とても仲が良かったと聞いています。あなたの事件が起こった当時は、親御さんたちはもう亡くなっていて、山下家には野枝さんが単身で住んでいたの。そこに本家筋から多鶴さんと母親が遊びにきていたんです。本家筋とはいっても、噂では、大阪においた妾宅の子供って事でしたけれどね」

多鶴の口から出た大阪弁が頭を過《よ》ぎった。

「野枝さんは、すごく優秀な人だったようですよ。お祖父さんの話によれば、一時的に住んでいた大阪市内の国民学校で優秀児童家系調査を受けた時、全員の中で野枝さんが一番IQが高かったんですって。一八九とか」

人間の平均IQは、一〇〇前後だった。和典の通っている中高一貫の進学校では、生徒の最高IQが一六八と発表されている。IQ自体は変化するし、頭の良さを保証する訳でもないが、潜在能力を示す数字ではあった。山下野枝にいささか興味を持つ。

「野枝さんのお祖父様は伊予《いよ》国、今の宇和島《うわじま》のご出身で、明治後半に船を買って海運業に乗り出され、日露戦争や第一次世界大戦で業界のトップにまで出世されたようです。大阪にお住まいで、その後、長崎や神戸にも家を建てられたとか。妾宅のようでしたけれどね」

一見、淑《しと》やかに見える祖母が、しっかり耳を欹《そばだ》てている様子を想像すると、かなりおかしかった。

「山下野枝さんは、今もその家に住んでるんですか」

もし住んでいるならば、多鶴について話が聞けるだろう。

「ええ、今年の初めには、あそこの住所でお祖父さんに年賀状が来ていました。でもご高齢だから、今はわかりませんね。お祖父さんだって、今年の年賀状は出していましたから。病室からでしたけど」

急いだ方がよさそうだった。

「その賀状、見せてもらえますか」

ここで電話番号を読み上げてもらうという手もなくはなかったが、足を運んだ方がいいように思えた。

「もちろんです。来てくれると、気が紛《まぎ》れてうれしいわ」

先が見えた事にほっとして電話を切る。帰る支度をし、スリングバッグを肩にかけながら先ほどから気になっていた優秀児童家系調査をスマートフォンで検索した。

一九四五年一月に発表された日本学術振興会主催の調査とわかる。内容は知能検査で、大阪市内の国民学校に在学中の三十五万人から選出された一万三千人が対象となり、その中からさらに選別した七十人に対し、両親、兄弟、親戚筋までたどって調査をしていた。

一九四五年一月といえば、日本は戦争の最中、しかも敗色が濃くなってきている時期だった。その二ヵ月後には東京大空襲で壊滅的打撃を受け、八月には無条件降伏に至るのだ。そんな切羽詰まった時期に、何を呑気に知能検査結果の刊行なのかと思えば、目的は日本民族の優秀性と遺伝の問題を研究し、それを実現する、つまり戦争に勝つために優秀な人間を作り出す事だったらしい。

優生思想の実践だった。ナチスも同じようなプロジェクトを実行していたし、確かその前年、文部省では戦争に勝つための天才を育成しようとして特別科学組なる組織を作っていた。戦時中はどこの国でも、かなり無茶苦茶な考え方が罷《まか》り通るのだろう。

人体実験の被験者となった祖父を思う。メンタル的にせよフィジカル的にせよ、とにかく人生を曲げられたのだ。祖母の言っていた通り戦時中を生きた不幸なのだろうが、それを自分の栄達に繋げた柳沢博士のような人物もいると思えば、祖父が気の毒でならない。何の支えにもなれなかったばかりか、優しくすらしてやらなかった自分を責めた。

6

「またお出でになるのをお待ちしています。お気をつけて」

駅まで車で送ってくれた管理人夫妻に挨拶をし、新幹線のホームに向かう。意外に楽しい時間だった。もし別荘が売られても、いつかまた再会して話を聞きたいと思いながら振り返り、ちょっととぼけた所のある夫と、何のかの言いつつ追随していく気満々の妻に手を振った。

新神戸を発ち、運よく有り付いた座席でほとんど眠りながら東京に戻る。その足で祖母のマンションを訪ねた。玄関先で年賀状の住所と電話番号を写させてもらうつもりだったのだが、祖母が茶菓子の支度をしているというので無下《むげ》にする訳にもいかず、上がり込んだ。

「今年のは、これです。こっちが去年ので、これが一昨年。それより前のもあるけれど住所は皆、一緒ですよ。お祖父さんの実家の上隣り。どうもご結婚なさらなかったらしくて、いまだにお一人でいらっしゃるみたいね」

どれも、その年の干支が箔押しされた年賀状だった。印刷されたもので、最後の名前の部分だけが横書きの *Nae Yamasita* となっている。見ていると、祖父の写真に入っていた斜体の署名が思い出された。なんとなく似ていると思うのは、自分だけだろうか。

「日本の高齢の女性って普通、欧文のサインなんてしないものじゃないですか」

スマートフォンで撮影しながら聞くと、祖母は頷いた。

「ええ、そうですよ。でも医学をやるとカルテなんかもドイツ語で書くし、横文字に馴染《なじ》んでますからね。名前も日本語より早く書けるから、私もサインが多いかも知れない」

つまり山下野枝は、医者なのだ。

「野枝さんは、東大医学部卒です。優秀児童家系調査で娘の才能を知った父親が、そりゃ放っておけないと思ったらしいの」

そう言いながらおかしそうに笑った。

「放っておけないっていうのはね、女でそんなに頭が良かったら嫁にもらってもらえない、手に職を付けなければ将来食いっぱぐれるって意味なのよ。女性の才知と背の高さは誰からも望まれない、そういう時代だったんです」

当時の男は、頭のいい女の方が、話をした時に面白いとは思わなかったのだろうか。付き合うにしろ結婚するにしろ、話す機会は多いはずだと考えながら、祖父が寡黙だった事に思いを馳《は》せる。夫婦の会話というものは昔、重要視されていなかったのかも知れない。

「当時の女性の職業といったら、そうたくさんはありません。教職か産婆くらいですよ。野枝さんは当初、長崎医大附属の産婆看護婦養成所に入ったようです。ところが長崎に原爆が落とされたでしょう。長崎医大は爆心地のすぐそばで、壊滅的な被害を受けたんです。いくつかの教室が、そこで授業を受けていた生徒や先生もろとも、一瞬にして焼失したっていう話ですよ」

想像も及ばないほどの破壊力だった。目を見張るしかない。

「野枝さんご自身は、その時ちょうど実習で鹿児島の知覧《ちらん》に行っていたんですって。命は助かったものの戻ってきても学ぶ所がなくて、一時、大阪の本家に身を寄せていたようです。戦争が終わった翌年の昭和二十一年、帝国大学で女子学生の受け入れが始まったのを知って、その後、いろんな苦労を重ねた末に合格して、東京に出てらしたみたい。しばらくしてお祖父さんを訪ねてこられましたよ」

意外な行動力だった。幼馴染みにせよ、一人で異性の家を訪ねるのは、当時の女性としてどうなのだろう。大胆すぎるのではないか。

「私たちはもう結婚していて、私、初めてお会いしたんですけどね」

祖母は視線を上げ、空中に面影を追う。

「まぁ個性的な人でした。目なんか黒目が大きくてね、潤んでいて力があって、どことなく微笑んでいるように見えて、何だか吸いこまれそうでしたよ」

しかも大阪にいたというのに、なぜ東大を受けたのだろう。

「すみません、ちょっと調べさせてください」

祖母の許可を取り、スマートフォンで女子が入学できた国立大学を検索する。大阪の近くなら京都帝大があった。

「何か、わかりましたか」

聞かれて、首を横に振る。胸に疑問が渦を巻いていた。よく似ている二つのサイン、近くの大学を選ばずわざわざ東京まで出てきた事。この二つだけで、もしかして野枝は祖父に気があったのではないかと考えるのは邪推か。祖母は、突然の訪問をどんな気持ちで受け止めたのだろう。

「女子東大生の先駆けというと、名誉なように聞こえるでしょうが、きっと苦労なさったでしょう。どんな事でも最初というのは、未開の荒野を行くようなものですからね」

同じ女性という立場から、野枝を理解、応援していたのだろうか。

「当時、戦争は終わっていましたが、私たちは中々、立ち直れずにいたんです。戦時中、私は女学生でしたけれど、今に神風が吹いて日本は必ず勝つ。それまでの我慢だ、それまでは力を合わせ、どんな犠牲にも耐えて戦い抜かねばならないと思っていました。政治家も軍部も教育者もジャーナリズムも、つまり大人が皆、そう言っていましたからね。ところが神風などは吹かず、日本は負けてしまった。愕然としましたね。やがて民主主義の教育が始まって、つい先日まで鬼畜米英と言っていた先生が、アメリカは素晴らしい文明国だなんて言い出してね。二重のショックでした」

その時の祖父の気持ちを想像する。日本に勝利を齎《もたら》すために出陣していった同期生、彼らに引けを取るまいとして志願した人体実験、自分の献身が勝利に寄与するのだと確信し、さぞ誇らしかっただろう。そのすべてを打ち砕いた敗戦。覆《くつがえ》された価値観は、この世や人間に対する不信感を掻《か》き立てずにおかなかったはずだ。支えを失った心を抱え、病に侵された体で生きていくのは、どれほど苦しく、また孤独だった事だろう。おそらくそれが祖父の気力を根こそぎにしてしまったのではないか。

その後の人生をどうやって耐えてきたのか。和典は、祖父のただ一人の内孫で、誰より近くにいたにも拘《かかわ》らず、大きく抉《えぐ》られたようなその心も、その病気についても知らなかった。関心もなく、知ろうとすらしなかったのだ。傷付いた祖父のそばにいながら、癒やしてやらなかった。

それは、しようとしさえすれば、できたはずではなかったか。祖父の手を思い出す。浮き上がった血管がいくつも走っている筋張った手だった。例えば、それを握りしめるだけでよかった。祖父から繋《つな》がっている命が、今ここに存在している事を意識してもらうだけでよかったのだ。祖父の人生があってこそこの世に生まれてきた孫を身近に感じてもらえたなら、その孤独もいく分かは和らぎ、自分がこの世に存在した意味は確かにあったと思ってもらえただろう。

だが和典のただ一つの思い出は、浅草の汚い店で天婦羅を食べた事であり、これならゲームをしていた方がよかったと後悔した事なのだ。それは和典が、どれだけ祖父を理解していなかったか、どれだけ浅墓《あさはか》だったかの証明のようなものだった。たまらない気持ちになる。

「すみませんでした」

もう祖父はいない。その魂は飛び去り、謝る事すらできなかった。自分の至らなさ、未熟さがくやしく、いくら後悔しても取り返せない事が胸に痛い。ただ頭を下げるしかなかった。

「まぁ、あなたが謝るなんて、おかしいじゃありませんか」

そう言ってもらって、やっと生き返った気分になる。祖母は緑茶を注ぎ足し、溜め息をついた。

「戦後になって知識人と言われる人たちが、そもそも国力に差があった、初めから勝てるはずのない戦争だったなんて言い出してね、三重のショックですよ。その後の日本は、まぁ変わり過ぎましたね。精神の在り方が、です。空襲を受け、敗戦して何もない焼け跡から出発した時、尊いとされたのは努力と希望を信じる心でした。その後、高度成長期がやってきて経済優先の考え方をしなければならなくなり、それが終わって安定成長期に入ると、物質的豊かさに基づかない幸せを求め、バブル期で再び浮かれ騒いで、それが弾けた時には別の価値観を獲得しようと右往左往し、今はネットの時代に突入して、過去の成功体験からはもう学べないなんて言っている。確たる信念を手に入れ損ねたまま、何回転も空しく回っている感じですよ。私たち高齢者は、もう死んでいくだけですからいいんですけどね、若い人たちはかわいそうだと思います」

口を噤《つぐ》み、しばらくしてから踏み出すようにこちらに身を乗り出す。その喉から、押し殺した囁《ささや》きが漏れた。

「一つ、お願いがあるの」

目には、悪戯《いたずら》っ子のような光がある。その奥に真剣さが垣間《かいま》見えた。暗い洞窟に住む小動物の目さながら、不安定に瞬いている。

「書斎にお祖父さんの日記があるんです。それ、私の代わりに見てもらえないかしら」

目的がわからず、返事に困った。

「以前からずっと気になっている事があって。もう忘れてしまえばいいのでしょうが、忘れられなくて。本当はどうであったのか知っておきたいんです。でも勇気がなくて」

何やら秘密があるらしい。

「さっきあなたが言っていたでしょう。中途半端じゃ忘れられない、自分の中で解決がつかないって。あれで、はっとしたんです。負うた子に教えられ、ね。私も全部がはっきりしたら、きっと忘れられる、でなかったらお墓の中まで抱えていかなきゃならない、成仏できないって」

誰のものであれ日記をのぞくのは気が進まない。だが祖母は、山下野枝から祖父に届いた年賀状を見せてくれていた。あれも私文書であり、本来なら見ても、見せてもマナー違反だった。それに応じてくれたのだから、こちらも同じ程度の応じ方はしなければならないだろうし、墓の中の話までされては断りにくい。ベストなのは、自主的に思い留まってくれる事だった。その方向に誘導する。

「後悔するんじゃありませんか、知らなかった方がよかったって」

祖母は目を伏せた。

「するかも知れません。でも知らなくても後悔するような気がします。迷った時には、積極的に前に出るのが上杉家の家風なのよ。本当は自分で見ればいいんでしょうけれど、そこまではまだ気力を出せなくって」

テーブルの上で組み合わせていた両手の指先が僅《わず》かに震え、戸惑いと諦めが溢れ出る。

「典ちゃんに助けてほしいわ」

引き受けるしかなさそうだった。

「わかりました。でもそれがお祖母さんからの依頼であった事は、ちゃんとお祖父さんの霊に説明してください。和典が興味本位でのぞき見た訳じゃないって」

祖母はおかしそうに笑い、テーブルを支えにして立ち上がる。

「もちろんです。責任の所在は、私があの世に行った時にはっきりさせますから心配しないで。こっちよ」

その後を追い、廊下に出た。突き当たりまで歩き、祖母はドアを開けて電気のスイッチを押す。照らし出された室内は二方が窓になっており、壁に沿って背の高い大小の書架が三台並んでいた。どれも両開きの扉が付いており、取っ手から白いフリンジが下がっている。

「そこにあります」

指差された扉を開けると、五段の棚に分かれた書架の半分以上が褐色の背表紙の大学ノートで埋まっていた。どれも厚さが一センチほど、天から三分の一の所に黄ばんだラベルがあり、ＪＥＳのマークが入っている。

「日記帳を使わず、大学ノートに書いていたのよ。夜、眠る前にね」

手を伸ばし、端にある数冊を取り出してみた。表紙の上部にＴＯＵＧＨ　ＮＯＴＥ　ＢＯＯＫと印刷され、中ほどにある罫線の上には使用開始年月日と終了年月日が記されて通し番号が付いている。下の方には、几帳面な感じのする四角な字で祖父の名前が書かれていた。

「小さな頃からの習慣だったようですけど、帝大生の頃のものはお兄さんのアパートに置いてあって、空襲で焼けたり四散したりしてしまったみたい。ここにあるのは私の父と知り合って二度目の上京をしてからのものです。見てほしいのは」

祖母の口から出た年月日を、胸の中で繰り返す。祖母がふっと笑った。

「その日、うちに山下野枝さんが訪ねてきたの」

笑みの底で、若かった祖母の胸に潜んでいた熱が揺れる。尖ったその穂先がうねるように立ち上がってくるのが見えた。

「その夜、お祖父さんが何を書いたのかを知りたい」

二人の関係を疑ったのは、どうやら和典だけではなかったらしい。ここは祖母の気持ちをはっきり押さえておくべきだろうと考え、口を切った。

「お祖父さんと山下野枝は、幼馴染みというだけではなかった可能性があると思っている訳ですか」

祖母は、目を丸くする。

「あら、そういう話もできるようになったのね。それはそれは、頼もしい事」

冗談めかしながら和典の肩先を越え、どこか遠くに視線を投げた。何かを見つめるようにも、また捜すようにも見える眼差で時の彼方を撫で回す。

「女の勘、みたいなものね」

白い喉元あたりから一瞬、艶めかしさが香り立った。思ってもみなかったその女っぽさに、どぎまぎする。

「若い人たちはよく、空気を読むって言うでしょう。あんな感じですよ」

記憶の中を探ってみても、祖父母が喧嘩をしているところを見た覚えはない。父母からそういう話を聞いた事もなかった。長年連れ添った、何ら問題のない夫婦と見えていたその陰に、二人の生活を破綻させかねない亀裂が横たわっていたとは意外だった。

「本人に直接、聞いてみなかったんですか」

祖母は平然と答える。

「みませんでした。聞いたら、それで終わりですから」

意味がわからず、はぁと言うしかない。

「お祖父さんは誇り高くて、疑われる事自体を嫌いましたし、自分が上杉に養子に来ているという意識を持っていました。当時はね、小糠《こぬか》三合あったら婿には行くなと言われるくらい、養子というのは男の沽券《こけん》に関わる事だったんです。聞いたら最後、何も答えず荷物を纏《まと》めて出ていってしまったでしょう。一刻《いっこく》な気質でしたからね」

今の言葉で言えば、超面倒くせータイプ、というところだろうか。

「利《き》かん気で、子供みたいな所もあったのよ」

肩を竦《すく》めて笑う祖母を見ながら、七十年以上に及んだ二人の生活を思う。祖母が野枝の存在に危惧を抱いていたとしたら、その七十年間は爆弾を抱えて暮らすようなものだったはずだ。今でこそ悟りの境地に達しもしたのだろうが、それ以前は、祖父の何気ない仕草や言葉のそこかしこに野枝の存在を感じずにいられなかっただろう。そのたびにそれを胸の中に押し込み、黙って抱えてきたという事になる。

先日、第二外国語の授業で読んだコンスタンの小説には、人間は一つでも隠し事を持ったら最後、一途に堕落の道をたどるものだとあった。ところが祖母はそんな状況で堕落するどころか、ごく普通に生きてきたのだ。穏やかで和やかにさえ見える暮らしぶりだった。祖父との生活を失いたくない一心だったにしても、その胆力は凄まじい。驚嘆しつつ、自分にはとてもできないと思った。

祖母ばかりではない。当の本人である祖父は、どうだったのだろう。いったい何が、秘密を抱えたその心を支えてきたのか。世の多くの場合に当てはめれば、愛人への想いという事になるのだろうが、祖父が色恋沙汰に情熱を傾けるような人間とはどうしても思えず、不思議だった。

「じゃ私は、ダイニングで待っています。お願いね」

微《かす》かにドアの音をさせて出ていった。和典は部屋を見回す。大きな両袖机が置かれ、その中央の空間には黒い革のハイバックチェアが収まっていた。机の上にトレーがあり、ドイツ製の万年筆とカードセットが入っている。脇の小机に置かれた古いコンポには、太いリボンを巻いたボルサリーノが載っていた。静まり返った室内に今にも音楽が流れ出し、ボルサリーノを手に取る祖父の姿が立ち現われそうな気がする。あの天婦羅屋に行った時も、確かボルサリーノを被《かぶ》っていた。

それを取り上げ、漂い出すチックの香りを吸いながら頭に載せる。壁に掛けられている姿見の前まで行ってみた。いく度か角度を変えて映すものの、顔より帽子のインパクトの方が強い。まるで似合っておらず、それどころかいつもより一層、幼く見えた。ハイヒールにこっそり足を入れ、胸をときめかせている幼女のようですらある。キャップと違い、本物の男でないと似合わない帽子なのだろう。自分もいつか、これをさり気なく被れるようになるのだろうか。

確信が持てないまま元に戻し、大学ノートが整然と並んでいる棚に向き直った。全部で二百冊前後ありそうに見える。祖父が自分の手で日常生活や所感を記したものだと考えると、その一冊一冊が閉ざされた部屋のように思えた。手を伸ばして開けば、そこには昔の祖父がいるのだ。鍵のない密室のようなそこで、ひっそりと過去を生きている。

一緒に天婦羅屋に行ったあの日、祖父は日記に何と書いたのか。知りたかったが、年も日付も覚えていない。覚えていたとしても、祖父の心をのぞくのは躊躇《ためら》われた。自分が死んだ後そうされたくなかったら、自分もそうすべきではないだろう。

今、日記を開くのは、祖母の願いを叶えるためだ。過去の懐疑と重圧から解放するためでもある。祖父の潔白が証明され、祖母が安堵の吐息を漏《も》らせるように願いながら、静かに佇《たたず》んでいるノートの一群を見回した。

もっと冊数が多ければ、コンピュータ検索で使う二分探索法が適切だろう。ノートの総数をAとし、そこから取り出す回数をBとすると、2のB乗分のAの値が一より小さくなった時に、目的にたどり着ける。これを使えば、例えば四千冊の中から一冊を選ぶ場合でも、手を伸ばす回数はたった十二回だけだった。

だが日付順に並んでいるかなど、確認しなければならない事がある。和典はスマートフォンの計算アプリを開き、最初のノートの表紙に書かれた年月日と最後のノートの年月日の差を出して日数に換算、冊数で割って祖母から聞いた日の記述が何冊目のノートにあるかを算出した。

毎日の記述に長短があるため、多少のラグはやむを得ない。目的のノートは、最初に取り出したものから一冊前にあった。

手に取りながら大きく息を吸いこむ。さて何が出るか。窓辺に面した机にそれを置き、立ったまま表紙を開いた。薄褐色になり、染みの浮き出した紙面から枯れ葉の臭いが漂ってくる。日付を追ってページを捲《めく》った。

規則正しく毎日認《したた》められていたが、その日に起こった事だけを書いた報告書のような記述が多く、それのみの日もあった。所感が書かれていても、感謝するとか、憤慨す、遺憾に思うとかのひと言で、一行以上は滅多にない。

昔の男というのは皆、こんなふうだったのだろうか。今ならアレキシサイミアとされるかも知れない。日記を提出させる小中学校の担任にかかれば、書き直しは間違いなかった。

こんな祖父が、野枝と会ったその日にいったい何を書いているのか。興味がわき、視線を落として日付を追う。過去の時間の中を進みながら、祖父の心に分け入った。

もし野枝への愛情が記されていたら、自分はどうするのだろう。前途洋々だった人生を曲げられ、辛いことの多かっただろう祖父の生涯を思えば、祖母には気の毒だが、そんな花が咲いていてもいい。だがそれを、自分は祖母にどう伝えるのか。そのまま正直に言うのか、それとも何事もなかった事にしてしまうのか。

決断できないまま読み進み、印刷された罫線の一番下の欄に祖母から聞いた年月日を発見する。息を詰めながら次のページに視線を移した。いよいよはっきりする事実に鼓動を高くしながら、左から右に流した目で文字を捉《とら》える。瞬間、声を上げそうになった。

そこに書かれていたのは、診察室で見かけた病状の考察だった。ただそれだけで、野枝については言及がない。困惑しながら前日を読み返し、さらに後日の記述を追うものの、どちらにも野枝の野の字も出てこなかった。納得できない思いで両手を上げ、指先を髪の中に埋める。

祖父にとって野枝の訪問は、日記に書き留めるに値しない事だったのだろうか。その日は、野枝より医院を訪れた病人の方が印象深かったのか。いや、そんなはずはない。自分の立場に置き換えて考えてみても、久しぶりに幼馴染みが訪ねてくれば、それが男であろうと女であろうと、ひと言ぐらいは触れるだろう。書く事ができないような何かでも起こったのか。

もう一度、日記の上に屈みこみ、注意深く文章全体を追う。やがて気が付いた、病状の考察が書かれた翌日の日付が、野枝の訪ねてきた翌々日である事に。あわてて前のページに戻る。その日付と記述は、野枝の訪問の一日前だった。

野枝と出会った当日の日付は、ページの一番下段にある。次に出てくる日付は翌々日だった。ノートの綴じ目から一本の繊維が出ているのを見つける。ノートを持ち上げ、目いっぱい綴じ目を開いた。乾いた音がし、ページが割けて薄茶色の膠《にかわ》が露わになる。その間にわずかに紙の切れ端が残っていた。鼓動が跳ね上がる。

震える指をなだめ、ノートの総ページ数を数えた。本棚から別のノート二、三冊を出し、同じように数えてみる。やはり一枚分少なかった。野枝の訪問について書かれていたに違いないページ、その最後に翌日の日付が書かれていただろうそのページは、切り取られたのだ。

祖父本人が切ったのだろうか。いったい何のために。もし祖父でないとしたら、こんなプライベートな場所にまで侵入して二人の出会いの事実を消そうとした誰かがいるのだ。

そこから禁忌の臭いが立ち上ってくるような気がした。胸が戦《おのの》く。祖母の長年の不審を晴らすためだったこの作業がそれだけに収まりそうもないと感じ、緊張すると同時に、事実を明らかにしたいとの気持ちに駆られた。

同じ謎であっても、父の不審な行動を追う事に比べたら不安や恐れはない。気持ちは遥かに楽だった。スマートフォンのアプリを起動させ、父の現在地を確認する。医院にいた。すぐ航空会社のサイトにアクセスし、長崎行きの最終フライトの時刻を調べる。今から出かけても搭乗はできなかった。父がもし動くとしても、明日の朝以降だろう。時間はたっぷりある。自分の内に満ちてくる気力を感じ、開いたノートの上で両手を握りしめた。

第三章　計画

1

机の下に納まっていた椅子を引き出し、腰を下ろして腕を組む。切られている断面のきれいさからして、カッターに違いなかった。他人が切ったとすれば私用文書等毀棄罪か、器物損壊罪、五年もしくは三年以下の懲役、あるいは三十万以下の罰金、住居侵入罪もつくだろう。

混沌とした状況を整理するために、まず五W一Hをはっきりさせようと思いつく。いつ、どこで、何を、誰が、なぜ、そして、どのように。この六つは絡《から》み合っており、いくつかを明らかにする事で自ずと見えてくるものもある。一つずつ追って特定していけば、やがては全体像が浮かび上がり、ページを切った犯人に迫る事ができるはずだった。

　六つの内で、既に答が出ているのは「何を」と「どのように」であり、「いつ」と「どこで」についても、対象が日記という外に持ち出さない物である事から限定されてくる。家の中にある物を切り取るためには、外部から入り込むしかなかった。

　祖父母がこのマンションに移る前は、今、和典や両親が住んでいる家にいた。切り取りは、日記のこの部分が書かれてから現在までの間に、そのどちらかの場所で行われたのだ。ポケットに突っこんであったスマートフォンを出し、祖母に電話をかける。

「あら、典ちゃん」

　驚きを含んだ笑い声が聞こえてきた。同じ家の中にいながら、電話をかけてきた事が不思議だったのだろう。和典の周りでは珍しくない。休み時間に教室内で、電話で話している連中もよくいた。

「この日記、前の家ではどこに置いてあったんですか。誰でも自由に出入りできる場所ですか」

　もし質問の意図を問われたら、正直に話す以外にないと思っていた。だが話さずにすめば、それに越した事はない。余計な心配や不安を与えたくなかった。

「使っている最中のノートはお祖父さんの手元でしたけど、それ以外はお蔵の中ですよ」

自宅の敷地内にある古い蔵を思い浮かべる。北側の一番奥で、背の高い杉林に囲まれており暗く湿っぽい場所だった。昔は文庫と呼ばれていたそうで、上杉家代々の文書が保存されている。

「火災を防ぐために鉄と漆喰《しっくい》の二重扉になっていて、それぞれに錠が掛かっています。その鍵は、戸主が自分の部屋の神棚に上げておく決まりでした」

それを突破して誰かが侵入するとは思えない。では切り取られたのは、このマンションに移ってからだろう。

「ここに来て、誰かに日記を見せましたか」

口に出した後で、言わずもがなの質問だったと臍《ほぞ》を噛む。他人に日記を見せる人間はいない。自分の粗忽《そこつ》さに舌打ちしたい気分だった。

「いいえ、誰にも見せていません」

至極、真面目《まじめ》な声が返ってくる。

「引っ越しの時に、お祖父さんが自分で書斎の本棚に入れているのは見かけましたが、それっきりです。書斎はお祖父さんだけの世界で、お掃除も自分でしていました。こっちに移ってからは、お客様も来ていませんし」

　ここでもないとすると、いつ、どこで切られたのだろう。

「私もあまり入った事がないくらいよ」

　深い森の中に迷い込んだ気分で、背もたれに寄りかかり天井を見上げる。まったく手がかりがなく、これ以上考えていても先に進めそうもなかった。これはこのまま放置し、「誰が」と「なぜ」を先に検討しようと決める。そっちから何かが出てくるかも知れない。

「ありがとうございました」

　幸い「誰が」については、対象を絞《しぼ》る事ができそうだった。この日記は個人の記録だ。歴史的、社会的価値はない。資産的価値もない。となると第三者が関心を持つとは考えにくかった。関心を持つのは家族か、祖父に関わった人間の中の誰かだ。

　祖父の関係者は多い。戦中まで遡《さかのぼ》れば、帝大時代や伝研、公衆衛生院の学友やその指導者であった柳沢博士なども視野に入ってくるだろう。九人の兄弟や親戚、そして山下野枝もだった。

　だが切り取られたのが結婚後で、山下野枝との邂逅《かいこう》のページである事を考えに入れれば、その頃、交流がなかったと思われる学友や柳沢の線は薄い。九州にいた兄弟親戚も、日記を切り取るために遥々《はるばる》上京してくるとは思われなかった。

疑わしいのは東京在住だった兄と、東大に在学していた野枝だ。しかし兄にしろ野枝にしろ、他人の家で日記を捜し回ったりするだろうか。第一その当時、日記は鍵のかかった蔵の中にあったのだ。

祖父の関係者の中に該当する者がいないとなると、残るのは家族だった。祖父本人、祖母、父、母、の誰か。家族なら神棚の鍵をこっそり持ち出す事もできるし、このマンションを訪問し、口実を設けて日記に近寄る事もできる。そう考えると、迷い込んだ感のあった森の中で光を見つけた気がした。この犯行は、家族以外に不可能だとすら思えてくる。

だが家族がなぜ日記のページを切り取るのか、見当もつかなかった。自分が直面している謎の奇妙さに溜め息が出る。命題を立てれば真偽を証明できるかもしれないと思いつき、スマートフォンでメモのページを開いた。

「ページを切り取ったのは、祖父本人ではない」

そう打ちこみ、最後に証明を意味するｐｒｆ．を入れる。記号論理学が使える訳ではなかったが、その方が恰好が付いた。

この命題で対偶法を使うとすると、祖父本人はページを切り取っていない、との仮定を証明しなければならない。だが祖父が書いたことを後悔していた場合、切り取る可能性があった。背理法を使う場合も同様で、どちらも証明できない。よって真偽不明、以上。

「ページを切り取ったのは、祖母ではない」

これは、背理法でいけそうだった。ページを切り取ったのは祖母である、と仮定する。だが祖母は和典に今回の依頼をしている。もし自分で切り取ったのならば、この依頼はしなかっただろう。よってこの仮定は矛盾する。つまり命題の真偽は真。ページを切り取ったのは祖母ではない。以上Q．E．D．

「ページを切り取ったのは、父ではない」

そう書いた瞬間、電気がショートしたかのような感覚が胸を走った。父は、祖父の写真をこっそり持ち出している。日記の切り取りという行為からは、それと同じ臭いがした。だが和典は父について詳しい情報をもっておらず、その感性も考え方も知らない。よって、これ以上の展開は難しかった。真偽不明。以上。

「ページを切り取ったのは、母ではない」

母は祖父とは距離が遠く、同居していた時も朝晩の挨拶ぐらいしか言葉を交わさなかった。昔気質の異性である祖父を苦手としていた観があり、その日記に興味を持つとは考えにくい。これらにより、ページを切り取らなかったのは母であるとの証明が可能であり、対偶法により、この命題は真。ページを切り取ったのは母ではない。以上Q．E．D．

四つの命題の中で、明確な答が出たのは二つだけだった。残りの内一つは、可能性は大きいもののはっきりせず、もう一つは全くの不明、証明の成功率は五十％で和典としては満足できなかった。

うまくいった事より、いかなかった事の方に目が向く。いつもそれに心を奪われるのだった。自分でも悪癖と思いつつ直せない。父についての情報不足も胸に応えた。母の妨害があったにせよ、自分の関心のなさも大きな要因だと感じている。

父親についてより素数についての方が詳しいかも知れない。一瞬そう思い、直後に深く頷く。いや絶対に詳しい。素数だけでなく関数についても、円周率についても、各種の定理についても同様だった。父より数学の方をよく知っているし、興味もあり、好きで、関わる時間も比較にならないほど長い。

自分が益々、非人間的に思えてくる。心から自己嫌悪が噴き出し、ゆっくりと体を流れてあちらこちらにダメージを与えた。執拗に攻撃を繰り返し、止む気配がない。自己追及は迷宮だった。突っこんでいけば出られなくなる。大きく息を吐き、また吸いこんで体中の空気を入れ替えた。父親とは距離を取りたい年頃なんだと考えて一応の結論とする。再び日記に視線を落とし、現状を整理した。

現時点では祖父本人が一番怪しく、父については不明、という所までしか立証できない。ページを切ったのが祖父と仮定すると、その理由は先ほども挙げたように書いた事を後悔してだろうとの想像がつくが、父となると皆目わからなかった。先ほどまでのやる気は情けないほど萎《しぼ》んでしまい、途方に暮れながら漫然と日記を捲《めく》る。

見れば見るほど祖父の文章は、どの日も簡潔だった。特別な行事のあった日のみ、それを記録する形で長くなっている。大抵ひと言ですませている感情表現も、初めて見た時には呆《あき》れたが、今読み返してみると妙に感心しないでもなかった。自分の心をすっぱり一刀両断にしている潔さに、痛快さを感じる。

だが本当にそうだったのだろうか。祖父には、これらのひと言に収まらないような、そこから溢《あふ》れ出すような気持ちはなかったのか。戦前戦中教育に洗脳され、男子はそうあるべきと思っていたのだとしたら、そこから解放されないまま死んでしまったのは気の毒だった。

捲《めく》りながら切り取られたページの前にたどり着く。今ここにないその一枚に、いったい何が書かれていたのかをあれこれと思い描いた。瞬間、ページ数に引っかかる。

切られていたのは一枚、つまり裏表の二ページ分だった。その最後の一行は翌日の日付に割かれているにしても、野枝と会った日に、祖父はほぼ二ページ分を書いているのだ。他の日と比較して、圧倒的に長い。

急いで日記を引っくり返し、前に戻って目を配る。別のノートも開いてみたが、これほど長い一日分は他になかった。野枝と会って筆が進んだのか。

果たしてそれだけだろうか。それ以外に何かが書かれていたとは考えられないか。そう思いついたとたん、それまで堅固だったはずの足元がグラッと揺れるような気がした。

もしここに野枝との出会いだけでなく、外《ほか》の事が書かれていたとしたら、それが日常ではないような、とんでもない事だったとしたら、それによってこの日記は歴史的、社会的、資産的価値を持つものになっていた可能性がある。そうならば、犯人像も一気に広がってくるのだった。

深まる一方の混迷に、目が眩《くら》む。机に片肘を突き、指を髪の中に埋めながら、もう一方の手で捲《めく》っている日記に視線を彷徨《さまよ》わせた。祖父はいったい何を書いたのか。

何の手がかりも見つからず、考えも及ばない。あまりにも刺激のない時間が流れすぎ、やがて睡魔に襲われた。エントロピー増大の法則に引きずられ、自分の思考が崩壊していくのを感じる。

秩序は無秩序に向かい、形ある物は崩れ、有形は無形に還るというのが物理学者シュレーディンガーの唱えた法則だった。論中で、生命はそれに従わない存在と規定されたが、それは間違いだと和典は思っている。大事な時に必ず襲ってくる眠りは、エントロピー増大の法則を象徴しているのであり、生命が死を免れないのはそこから逃れられないからだ。

うっとりとしながら昏睡状態に突入しそうになった時、一つの考えが浮かぶ。半眼になっていた瞼《まぶた》を思わず見開いた。

もし切り取られた部分に衝撃的な何かが書かれていたとしたら、その後の記述にも、それに関係する言葉が出てきているのではないか。いや必ず出ているはずだ。そこから推察すれば、それが何であったのか見当ぐらいはつくだろう。殺伐としたエントロピーの廃墟の中で、頭上から射し込む太陽の光を捉《とら》えた気分だった。

「やった、俺、偉い」

思わず声に出しながら書架の前に飛んでいき、その日以降のノートを持てるだけ引き出す。机に運んで積み上げ、腰を据《す》えて一冊ずつ目を通した。

ざっと読み飛ばしていた先ほどは気にならなかった旧漢字と旧仮名遣い、さらに加えて頻繁に出てくる癖の強いカタカナが、障壁のように立ち塞《ふさ》がる。スマートフォンを傍《かたわ》らに置き、難しい字は検索しながら少しずつ進んだ。インクが滲《にじ》んで見えにくい部分も、前後の言葉でなんとか判読する。

途中で、あの天婦羅屋の日の記述に行き当たった。

孫和典、学友たちと不和と聞く。何もしてやれず、せめて励ますため、誘って出かけた。話は弾まず、ただ歩き、食って帰ってきた。自分の無力を感じる。

あの時、祖父はそんなふうに考えていたのか。何度か読み返しながら、申し訳なくて堪《たま》らなくなった。自分の思いやりのなさが遣《や》り切れず、いくら後悔してもそれを祖父に届ける術がもうない事に、胸を裂かれるような気がした。

やがて、計画という文字が不定期に出てくることに気付く。計画進行中とか、計画退歩とか、計画再開とか、計画破綻か、とか。それも決まってその日の記述の最後に、取ってつけたように出現していた。それについての説明は、いっさいない。

何度か書架との間を往復し、その日以降のノートをすべて読み終えると、今度はそれ以前のノートに取りかかった。全部に目を通し、切り取られたページより前には計画という言葉が全く出てきていない事を突き止める。雑然と机に積み上がったそれらを、ぼんやりと見つめた。

未知の世界に連れてこられた人間のように虚脱しながら、それでも自分が少しずつ核心に近づいていているのを感じる。体中の皮膚が粟立つようにピリピリした。両手で二ノ腕をさすり、自分を落ち着かせてからスマートフォンをメモ帳に切り替える。わかった事を一つずつ打ちこんだ。

その文字が最初に出てくるのは、野枝と出会った十五日後だった。計画ｂｅｇｉｎｎｅｎとある。検索してみるとドイツ語で、着手するとか、企てるという意味だった。その後、計画は進んだり後退したり、危機に直面したりしながら続き、最後に出てくるのは日記の最終ページ。そこには今日入院すると書かれており、その後ろにこうあった。生きてここに帰る事はもうない、計画なお進行中。それが最後の言葉になっている。

つまりこの計画は、着手してから数十年も続いているのだった。その内容について書かれていないのは、切り取られたページ、野枝と出会った日の記述で全容が説明されているからだろう。その後、方針の変更などが生じれば記入されたのだろうが、一切ない所をみると当初の予定のままなのだ。祖父が入院する時もなお、そして死んだ今もひょっとしてそのまま続いている可能性がある。

それほど長期にわたって変わる事のない計画を進行させているのは、誰なのか。野枝か、それとも第三者か、あるいは複数か。何のために、何を目指しているのか。そのページを切り取り、持ち去ったのは誰か。そしていったい何の計画なのだ。

謎は巨大で深々としていた。和典は絡《から》みつかれ、引きずりこまれて沈んでいく。自分の小ささを感じるばかりだった。

2

「ごめんなさいね、途中で声を掛けてしまって。でも、もうこんな時間だから」

祖母は、壁の時計に視線を投げる。

「家で、可奈さんが心配してるでしょう」

思わず、こう言ってしまうところだった、あの人は、そういう母性って持ち合わせてねーから大丈夫。

「それで当日の日記には、何と書いてあったんですか」

身を乗り出さんばかりの祖母を見ながら考える。祖父について変だと思ったのは、単に女の勘というだけか。もっと確実な何かがあったのではないか。日記を見ていないとすれば、どこでそれを感じたのだろう。詳しく聞いてみれば、何かがわかるに違いない。ここはストラテジーの出番だろうな。

「それが」

祖母の表情を窺《うかが》いながら続けた。

「なかったんです」

嘘ではない。そのページは、確かになかった。

「まぁ、そう、何も書いてなかったの」

祖母がどう受け取るかは、自由だった。

「なんか大山鳴動《たいざんめいどう》して鼠ゼロってとこね。ごめんなさい」

驚いたようでありながら同時に、肩の荷を下ろしたようでもあった。積年の心の負担が消失したらしい。そこにまたも荷を負わせるようで悪いなと思いながらも、聞かざるを得なかった。

「僕としては、その日付でなく、別の日に書いてあるんじゃないかと思って」

祖母の顔が強張《こわば》る。

「それでずっと捜していたんです」

これも本当だった、切られたページの手がかりを捜していた。

「その当日、山下野枝は話だけして帰ったんですか。どんな話を」

祖母は、当惑したような表情になる。

「さぁ、どうだったかしら。お祖父さんのお客様ですから、私もずっと同席していた訳じゃありませんからね。お茶を出しにいった時は、昔話をして談笑してらしたと思ったわ。帰りも、お祖父さんと私の二人で玄関先でお見送りして、それっきりじゃなかったかしら」

では切られたページに書かれていたはずの計画とは、祖母が見聞きしていない所で密かに話し合われたのだろうか。それとも野枝と祖父の間で纏《まと》まったものではなく、たまたま同日に起こった別件だったのか。

「山下野枝は、東京で大学生活を送っていたんでしょう。その後、ここに訪ねてきた事は」

祖母は首を横に振った。

「いいえ、後にも先にもその一回きりでした」

和典は踏み込んでみる。

「二人がこっそり会っていた、という事は」

驚いたような祖母の目に、忌まわしげな影が過ぎった。そんな事を考え付くなんて、この子、素行のよくない人間と付き合いでもしているのかしらと言いたげだった。

「お祖父さんは真面目な人ですよ。毎朝、私と一緒に医院に出勤して、一日中勤め、私と一緒に帰ってきていました」

つまり祖父は毎日、妻の監視下にあったのだ。それが長年にわたって続いていたとなると、さぞ窮屈極まりなかっただろう。こっそり同情する。

「どこかに出掛ける事もありましたけれど、野枝さんと会うと言って出掛けた事は、一度もありません」

大抵の男は言わないだろう。同じ立場だったら、和典も黙り通すに決まっていた。

「あ、そう言えば、野枝さんから荷物が届いた事がありました。彼女が訪ねてきてから、そうね、十日ほどして」

耳が尖《とが》る。計画がスタートしたのは、出会って十五日後だった。

「当時はチッキでね、国鉄から葉書が来たんです」

チッキというのは宅配がなかった昔、個人が鉄道を利用して送った荷物の事だと聞いている。

「で、お祖父さんが駅まで取りに行きました。荷札には、野枝さんの名前と長崎の住所が書いてあったので、私、野枝さんが故郷から名物でも届けてくれたのかと思ったんです。でもかなり重かったみたいで、リヤカーに載せて持ち帰ってきたのよ」

送り主の住所が長崎でも、そこから出したとは限らない。

「中には、何が入っていたんですか」

こちらを見る祖母の目に、咎《とが》めるような光が瞬いた。口調が若干、腹立たしそうになる。

「知りませんよ。見ていませんし、聞いてもいません。私は分別のある人間ですからね。お祖父さんが受け取った物については、本人から話がない以上、こちらからは触れません」

昔の夫婦というのはそういうものなのかと思うしかなかった。

「でもそれからすぐお祖父さんは、それをそのまま送り返してしまったんです。まぁ必要のないものだったんでしょうが、今考えても、何が何やら訳がわかりませんでしたね」

それが計画のスタートだったのだろうか。中には何が入っていたのか。送り返す事に、どんな意味があったのだろう。

「その後、野枝さんからは時々、電話がありました」

当然、記録は残っておらず、分別のある妻としては、立ち聞きもしていなかったに違いない。

「後は、さっきお見せしたような毎年のお年賀。それから、お手紙もありましたね」

ようやく現われた有力情報に、活気づく。

「それ、見せてもらってもいいですか」

祖母は眉根を寄せた。

「それが、どうもお祖父さんが処分してしまったらしいの。私、全然知らなくって。亡くなってから、葬儀の通知を出すために住所録と書斎にあったレターケースを当ったら、野枝さんからの手紙だけがごっそり無くなっていたのよ。驚いたわ」

誰にも見せられない事が書いてあったのだろう。手がかりを逃したくやしさに奥歯を噛む。手紙を処分したその時に、祖父はあのページも切り取ったのかもしれない。状況からして、家族以外は手を出しにくいし、先ほど立てた命題でもその可能性は大きかった。

「でもよかったわ。その日の日記に何も書いてなかったというだけで充分、気が楽になりました。家族が死ぬと、しなければならない事が多くてね。埋葬届や墓地の名義変更なんかもあるけれど、一番大変なのがお金の事。相続の申告、保険金、年金の手続きなんかに追われてしまって、悲しんでいる暇がないくらいよ。それに加えてこの事が気がかりで、心が重かったんです」

ふと金の動きはどうなっていたのかと考える。どんな計画にしろ、進めるとなったら金がいる。祖父は、そこに出資していたかも知れなかった。通帳をチェックすれば何かわかるだろう。目の前が開けていくような気分で、その時間をどう稼ぐかを思案する。一番手っ取り早いのは、やはり祖母を丸め込む事だった。

「僕にもう少し時間をくれませんか。日記を全部きちんと読んで、はっきりさせたいんです。また明日、来たいんですが」

祖母は、困ったような表情になる。

「明日は、私、いないのよ。医者に行く日なんです。今度は検査だから、一日かかると思うわ」

自分の幸運を、八百万《やおよろず》の神々に感謝した。

「僕、朝早く来ます。で、医者からお帰りになるまで、留守番を兼ねて日記読んでますから」

3

自転車を転がし、自宅に戻る。後戻りできないほど祖母の頼みに深入りし、予定外に時間を使ってしまったが、多鶴に繋《つな》がる道が開けたのは幸いだった。これでアプリだけに頼らずにすむ。しかし父の事といい祖父の事といい、自分のごく身近にこれほど多くの不可解が存在していたとは、つい先日まで思いもしなかった。

家に帰り着き、賀状の画像を出して山下野枝の電話番号にかける。呼び出し音が響くのを聞きながら、その向こうの情景を思い浮かべた。

東大を卒業して医者をしていたとしても、今では離職しているはずだった。賀状の住所は確かに祖父の実家の隣りだが、なお一人住いなのだろうか。祖母は結婚していないと言っていたが、誰かと同居している可能性はある。

電話だけで、和典が柳瀬の孫である事を信じてもらえるだろうか。知りたい事は多々あったが、あまり矢継ぎ早に聞いても警戒されるに違いない。今日のところは祖父が亡くなった事を告げ、多鶴については言及するに止めておこう。向こうにしてみれば、会ったこともない人物からの突然の電話だった。急《せ》いては事を仕損じる。

呼び出し音は鳴り続けた。思わず回数を数え出したが、その時点から十回を超えても誰も出る気配がない。いったん切り、小一時間ほどして再度かけてみた。今度は最初からカウントする。いつもなら十回以上は鳴らさないのだが、先ほど既にそれを超えてしまっており、今さら拘《こだわ》っても意味がなかった。年寄りだから聞こえにくいとか、電話機まで歩くのに時間がかかるとか、あれこれと考えながら五十回まで待った。さすがに耳から離し、ストップアイコンを押す。

その日のうちに何度か挑戦してみたが、同じだった。ここで連絡が取れなかったら、多鶴の協力は今度こそ諦めなければならない。祈るような思いで寝る前に最後の電話をした。出ない。朝起きるなり三十分刻みでかけ続けたものの、反応はなかった。

想定外の事態に困惑しながら、しみじみと画像を見直す。何しろ高齢だった。介護施設に引っ越したり、入院したり、あるいは祖父のように他界したという事もありうる。

もしかしてと思いつき、ネットで検索をかけて九州の病院の名誉職を当たってみた。就任していれば、病院を通じて連絡がつくだろう。ところが全くヒットしない。こうなると野枝に接触できる方法は、もう唯一つかと思われた。直接その家を訪ねる。

半信半疑で自分に問いかけてみる。行くのか俺、長崎に。それが父の通っているのと同じ街であると考えると、胸に奇妙な震えが走った。水面を覆《おお》う波紋に似て、わずかに、しかし確実に大きくなり体中に広がっていく。何か不吉なものが近寄ってくるような気配がし、どうにも落ち着かなかった。

4

翌朝、父が家を出る所を見届け、アプリで医院に到着するのを確認してから祖母の家を訪ねる。ドアフォンを押すと、すっかり出かける支度を整えた祖母が顔を出した。一応、訴えてみる。

「昨日からずっと野枝さんの家に電話してるんですが、誰も出ないんです。多鶴さんのことを聞こうと思ってるんですが」

祖母は首を傾げながら腕にかけていたハンドバッグから携帯電話を出した。番号を聞かれ、スマートフォンの表示を見せる。

「ちょっと持ってて」

携帯を和典に預け、バッグの中を手探りしてメガネケースを摑《つか》んだ。

「最近、頓《とみ》に字が見えなくなってしまって」

あわてて携帯を返し、番号を読み上げる。祖母は二つ折りを開き、声に出して確認しながらゆっくりと入力して耳に当てた。

「これ、お祖父さんのなのよ」

一瞬、色めき立つ。それなら野枝も出るかも知れなかった。同時にその携帯の中に野枝のアドレスが入っている可能性があると思い付く。祖父がもしパソコンを使っていたなら、そこにも手がかりが残っているだろう。

「出たら、すぐ渡しますから、代わってちょうだいね」

頷いて見守っていると、しばらくして祖母は和典に目を向けた。

「出ないみたいね」

肩に込めていた力を抜きながら聞いてみる。

「以前に野枝さんが勤めていた病院か、関係者をご存知ですか」

祖母は首を横に振った。

「お祖父さんなら、知っていたでしょうにねぇ」

日記にその類の記述がなかった事を思い出しながら、電話を切った祖母から携帯を借り、内蔵の電話帳を開く。並んでいる名前に目を通したが、山下野枝は登録されていなかった。

「お祖父さんは、パソコンを持っていましたか」

祖母は再び首を横に振る。新たな手がかりと思えた二つは、それで全滅だった。苛《いら》立《だ》ちを噛みつぶしていると、祖母が微笑む。

「典ちゃん、連絡が取れないのは縁が無いって事だと思いますよ」

一瞬、新しい風が吹いたような気がした。

「今は、このままにしておく方がいいでしょう。世の中には、いくら進もうと思っても進めない時期があるものです。時が移ると、またすらっと目の前が開けてくるから、それを待つのはどうかしらね」

長い時間を生き、多くの経験を積み重ねてきた人間にしか言えないような、穏やかで無理のない、だが意志を放棄しない強さを感じさせる言葉だった。そこから真実の重みが滲《にじ》み出してくる。確かに多鶴にしても、十年以上も経ってからの接触では当惑するだけだろうし、長崎で起こった事のすべてを知っているはずもなかった。

「わかりました」

またもアプリ頼みとなってしまったのは残念だが、致し方ない。

「じゃ私は出かけます。お昼は、冷蔵庫に入ってますから。自分以外の食事を作るのって、お祖父さんの入院以来、二年ぶりよ」

手数をかけて悪かったと思いつつ、意外にうれしそうな表情を見て胸を撫で下ろした。

「後をお願いね。家に誰かがいてくれるって、いいものね。とても安心」

その安心を齎《もたら》す誰かは、これから通帳をのぞき見るのだった。出ていく姿を見送りながら、申し訳ない思いで頭を下げる。小さな音を立てて玄関ドアが閉まると、脱いだ靴をシューズラックに置き、ダイニングに向った。

高齢者が貴重品を仕舞っておく場所は、十中八九、箪笥《たんす》の上置きだった。ダイニングにそれらしいものはなく、おそらく祖父母の部屋だろうと見当をつける。

書斎の隣りにベランダに面した洋室があった。同居していた時には見かけなかったベッドが二つ並んでおり、反対側の壁に寄せて昔から使っていた桐の洋服箪笥と和箪笥が置いてある。なぜベッドに替えたのだろうと思いながら、脇から出ているリクライニング用のハンドルを見て納得した。床から高い方が寝起きするのに楽なのだ。それだけ体が歳を取っているのだろう。年齢はわかっていたものの、それが日常生活に及ぼす支障にまで考えが至らなかった。

病院まで送ってやった方がよかったのだろうか。だが和典はまだ自動車の免許を持っていない。自転車の後ろに祖母を乗せるという訳にもいかなかった。自分の無力さを噛みしめながら、鍵穴の周りに上杉家の家紋を入れた和箪笥に歩み寄る。もっと力を身に付けて役に立ちたいと思った。

左右の引き戸の付いた上置きの片方を開ける。ひっそりとした空気が流れ出た。黒い漆塗りに金蒔絵を施した箱が入っており、深さはなかったものの平面積が大きく、左側のほぼ半分を占めていた。

蓋《ふた》を取ると、中身は未使用の祝儀・香典袋で、金銀や紅白、黒白の水引きをかけたものから印刷されたものまで数種あり、箱の端の方には色の違う袱紗《ふくさ》が何枚か揃《そろ》えられていた。急な慶弔に備えてあるらしい。

昔の人間の用意の良さに感心する。やはり価値観が統一されていた世代だからだろう。同じものに同じような価値を認めているから、そのマニュアルに沿った外見を選べば気持ちが伝わるのだ。

右側には、箱書のある桐箱が数個置かれていた。大きさからして茶器や棗《なつめ》らしい。奥には掛け軸の箱があり、それらで上置きはいっぱいだった。通帳はない。

首を傾げながらその下にある左右の小引き出しを開ける。左側はソーイングセットと刺繍糸だったが、右側についに見つけた。取り出してみれば、昭和初期からのものが年代順に現在まで整然と並べられている。普通預金や定期、信託預金が交じっていたが、名義は祖父ばかりだった。今はここにあるが、元は祖父の書斎にでも置いてあったのだろう。

それにしても祖母も医者として働いており、収入があったはずなのに通帳が見当たらないのは不思議だった。もしかして昔の女性は、自分名義の通帳を作らなかったのだろうか。

日常の金の動きを知るために、普通預金通帳を取り上げる。最初の一冊から目を通し始め、やがて野枝と会っていた日に行きついた。

その当日に金銭の出入りはない。金が動いていたのは、十五日後。祖父が計画のスタートを記録していた日であり、おそらく野枝にチッキを送り返しただろう日だった。そこを起点に、それ以前にはなかった動きが始まっている。毎月の複数の出し入れの中に、新しく一定額の引き出しが交じるようになっていた。

昨日見ていた日記に、計画という文字が現れて続いていたのを思い出しながら通帳を捲《めく》る。繰り返し記されていた単純な言葉と、繰り返し引き出されている同じ金額、その二つが持つ雰囲気はどこか似通っていた。

引き出しは昭和五十二年まで続く。その後は振り込みとなり、先方の口座名が記録されていた。五年の経過ごとに増額され、祖父が入院した当月まで続くその振込先の名義は、山下野枝だった。

おそらく以前に引き出された金が送られた先もそうなのだろう。時期的に見ても、この出金は計画と称されたものの維持経費に違いない。計画の相手は野枝、あるいは野枝を含む複数なのだ。

祖母名義の通帳はないのだから、祖父母の生活費はこの通帳で管理されていたのだろう。夫の日記もチッキの中も手紙ものぞこうとしなかった祖母だが、通帳を見る機会は何度となくあったはずだ。それで毎月の野枝への送金に疑念を抱いたのに違いない。

毎月の送金、そう考えた瞬間、自分が導火線に火をつけたような気がした。爆《は》ぜながら進んでいく小さな炎がやがて火薬に到り、それが弾けて胸の中を明るく照らし出す。養育費か。二人の間には子供がいて、生活のために祖父は金を送っていた。非嫡出子に厳しかっただろう当時、その子を育て、きちんとした教育を与えて世に送り出すための計画か。

期間は、六十年を超える。となると養育に加えて贖罪《しよくざい》の気持ちもあったのかも知れない。今まで思いもかけなかった光景が際限もなく見えてくる。毎月、金を下ろしては送る祖父。その通帳を見る祖母、送金を受け取る野枝、傍《かたわ》らにいる子供、流れていく歳月。

和典の父は、祖父が四十六歳の時の子供だった。出生年から考えれば、野枝の子の方が兄だろう。和典にとっては伯父に当たる。祖父の入院については本人が連絡しただろうが、その死はどうだったのだろう。知らされたのだろうか。最後にひと目、会う事はできたのか。

こちらの関係者が野枝に連絡をしたり、呼び寄せたりしたとは思えない。最後に会えなかったとしたら、それは祖父にとって心残りだったのではないか。もっとも野枝が子供と共に姿を見せていたら、祖母の気持ちは複雑だっただろう。そこまで考えて、はっとした。

もしかしてこれから相続争いが起きるのか。今は愛人の子供も権利を主張できるし、遺産に関して野枝の手元に遺言書が残っている可能性もある。野枝たちがここに乗りこんでくる様子を想像し、それに向き合っている祖母を思い描くと、冷や汗が滲《にじ》んだ。修羅場というよりない。自分は何か役に立てるのだろうか。

あれこれと考えていて突然、基本的な問題に立ち返る。祖父と野枝は、いつ関係を持ったのだろう。祖父は原爆が投下された後、祖母の父親に連れられて東京に出てきて結婚したと聞いた。その時点で野枝と関係があったり子供がいたりしたら、さすがに結婚は辞退しただろう。

次に二人が会ったのは、野枝が訪ねてきた時。祖母はただ話をしただけと言っていたが、その後こっそり会っていたのだろうか。だが計画のスタートが記され、送金が始まったのは、野枝の訪問から十五日後だった。妊娠というのは、そんなに早くわかるものなのか。

ポケットでスマートフォンが震え始める。画面を見れば、黒木の文字が浮かんでいた。あの日講堂で決裂した後、小塚や若武とは曲がりなりにも関係を修復した。まだなのは黒木だけだった。

「俺だけど」

どういう方向から攻撃されてもいいように身構えていると、クスッと笑う声が聞こえた。

「生きてたんだ、葬式出なかった上杉先生」

相当、根に持っているように感じられ、緊張を強めながら低く答える。

「ああ」

直後に、自分が小塚に電話をした時の事を思い出した。電話をかけるという行為自体が、友情を繋ぎたいとの意思表示だった。黒木もまたそうなのかも知れない。

「なんとか、な」

会話が途切れないように急いで話題を捜す。頭の端を野枝の妊娠が過ぎった。女の事なら、黒木はエキスパートだった。

「あのさぁ、ヤった女が妊娠したら、それがわかるのって、どのくらい経ってからなの」

ヒュッと尻上がりの口笛が響く。

「ヤったわけね、おめでとう。昨年の日本性教育協会の調査によると、高校時代に経験できる男は、約十四％だ。二〇〇五年以降、割合は下がってるらしいぜ。上杉先生の経験は実に喜ばしい。皆に、話、回しとくから」

真面《まとも》に否定する気になれず、黙りこむ。

「今は妊娠検査薬が普通に買えるから、それで調べれば、生理予定日のほぼ一週間後にはわかるはずだ。おまえ、避妊しなかったの。責任取れよ」

さすがに口を開かずにいられなかった。

「勝手に話作んな。今じゃなくて大戦直後とかで、妊娠検査薬がない時だったら、はっきりするのにどのくらいかかるわけ」

黒木は、ちょっと間を取る。

「その彼女、当時、基礎体温とか測ってたの」

聞いていないが、産婆看護婦養成所から医学部に進んだという学歴から考えれば、野枝の意識はかなり高そうだった。測っていたかも知れない。

「測ってたとすれば、受精後二十日くらい経てばはっきりする。妊娠したら低温期に移行しないからさ。測ってなければ、二、三ヵ月後だ」

脳裏に描いた妄想が静かに四散していった。まだ見た事のない伯父の姿も消えていく。残ったのはチッキの謎、そして送金の謎、加えてページの件を祖母にどう伝えるかという問題だけだった。

祖母の顔を思い浮かべながら思案していて、急に腑に落ちない気分になる。日記を読むように頼んだ祖母の目的は、何だったのだろう。

野枝と祖父が再会して十五日後からの送金なのだから、女である祖母には、それが養育費でない事はすぐわかったはずだ。日記を見たかったのは、送金の事情を知るためとしか思えないのに、その日に何も書いてなかったとの和典の報告に、気が楽になったと答えている。送金理由が判然としないのに、安堵しているのはなぜだ。

チッキの中味を知りたくて、それを祖父が日記に書き留めているのではないかと考えていたのだろうか。いや昨日の話し振りでは、さほどチッキに興味を持っている様子はなかった。

モラルに厳しい方なのに、それに反して日記を読むよう頼んだのは、もっと切実な何かがあったからに決まっている。いったい何だったのか。

「なんか意味深な沈黙だけど、俺、おまえより世の中知ってるぜ」

思わず揶揄《やゆ》したくなる。それは、女知ってるぜ、の間違いだろ。

「具体的に話したらどう。俺、口は堅いけどね。話さないなら、もう切るけど、どうすんの」

性急に畳《たた》みかけられ、くやしく思いながら腹を割る。ほとんど白状させられている気分だった。

「そっか。なかなか刺激的な毎日だな」

黒木と話していると、たびたびリードを取られ、誘導される。中学の頃からそうだった。まるで二、三歳は年上のようで、屈辱的に感じる事も、敬服する事も、もし兄がいたらこんなふうだったのかと考える事もある。複雑な気分で今に至っていた。

「この場で俺にわかるのは、その部分を読みたかったお祖母さんの気持ちぐらいだね」

あっけなく答を用意され、舌を巻きつつ半信半疑で耳を澄ませる。

「幼馴染みの女が、一人で自分の夫を訪ねてきた場合、ほとんどの妻は反感を持つ」

和典も昨日は、それを考えた。だが来ただけで反感というのは、過剰過ぎないか。

「で、二人の関係をあれこれ勘繰《かんぐ》り、次第に深掘りし、結果、激しい敵愾心《てきがいしん》を燃やす」

単純化された説明を聞きながら、金沢のからくり記念館で見たカラクリ細工を思い出した。女の目が吊り上り、口が裂け、髪が乱れて般若に変貌していく。その動きを祖母に重ねた。

「出会ったその日、夫が日記に何を書いたのか。それによって彼女に対して昔、あるいは今、恋心を持っているかどうかがはっきりする。何も書いてないのは、そういう気持ちの繋がりがなかったという証明のようなものだ。それで安心したんだよ。その日に書いてあるか、その後に思い出すように書いてあるかで熱の度合いは違う。その日でなければギリギリ許せると思ったんだろう」

祖母は知性的な女性だが、その知性を以《もっ》てしても一番の関心事はそこなのか。では普通の女性は、もっと低レベルなのだろうか。信じられない思いと信じたくない思いが胸で入り交じり、抗議の声になった。

「それ、くだんなくね。他にもっと大事な事ってあるだろ。彼女から夫宛てに、中味不明のチッキが来てるんだぜ。しかも夫は長年にわたって彼女に送金してる。そっち放り出しといて恋心の有無に執着するって変じゃないか」

黒木は、溜め息を漏《も》らす。

「中学一年からの男子校暮らしと受験で、長く女から隔《へだ》てられてるおまえには、理解できないと思うけどさぁ」

同じ学校じゃないかと突っ込みたくなったが、口から出さなかった。話の先が気になって堪《たま》らない。

「それが女ってものなんだ。自分の感情がすべてに優先するし、現状の維持継続が大事。相手との間が恋でないと確信できれば、かなり満足。それ以上深入りして自分たちの関係を危機に晒《さら》したくない。そのためなら中味不明のチッキにも長年の送金にも、百歩譲って目をつぶる。もしそこに現状を破壊しかねない要素が絡《から》んでいたら、それがわかった時点で対応する」

不可解さが不信感を呼び、女性に対する信頼度が座標軸のゼロを超えて下がっていく。マイナスの域に突入しても、止まる気配がなかった。

「ま、このまま何も書いてなかった事にしとくんだな。それがお祖母さんの幸せだ。そうしといてやれよ。夫はもう思い出の中にいるだけなんだから、真実がどうかは問題じゃないだろ」

確かに、ここはそうするのが穏当だろう。

「おまえさ」

ついでに聞いてみる。

「今まで彼女が途切れた事ないみたいだけど、女って、どこがいいの」

深い沈黙の向こうから返事が響いた。

「何のかんの言っても、やっぱ可愛いんだよ」

意味不明にすら思える言葉だった。

5

電話を切り、二つ並んだベッドを振り返る。祖父が入院するまでは、ここで一緒に寝起きしていたのだ。それでも入院中は、いつか戻ってくるという期待があっただろうが、今となってはそれも無い。もう永遠に空になってしまったベッドを見る度に、生前の祖父について考えるのだろう。毎朝毎晩そんな思いをしているかと思うと、かわいそうだった。

元のように家に戻ってきて暮らせば気も紛《まぎ》れるに違いないが、同居していた時には、母との折り合いがあまりよくなかった。母は祖父を敬遠してほとんど接触しなかったが、祖母に対しては、同じ女同士のせいか遠慮がなかったような気がする。祖母にとっては逆にストレスになるだろう。

自分にできるのは、黒木の言った通り、そのページに関して何も言わずにおく事ぐらいだった。謎は一人で抱えこんでおけばいい。いずれ時節が廻り、祖母が言っていたように目の前が開けて解決の扉が見える時もくるかも知れなかった。

玄関で、鍵の回る音がする。壁の時計に目を上げれば、まだ十二時を少し回ったところだった。一日かかると聞いていた割には早い。

急いで書斎に移ろうとして部屋の戸を開けた。きっと祖母は洗面所に直行し、手を洗って嗽《うがい》をするだろう。その隙に移動すればいい。玄関の様子を窺《うかが》い、開いていくドアから祖母が入ってくるのを待つ。随分《ずいぶん》時間がかかるなと思っていると、明らかに祖母より大きな人影が現われた。男のように見える。あわてて戸を閉めた。

「書斎は、突き当たりだ」

誰かと一緒らしい。細く戸を開け、隙間から向こうをのぞく。床の軋《きし》みと共に一人の男が目の前を通り過ぎていった。年の頃は四十代半ば、仕立てのいいスーツを着ている。それに続いてもう一人が通る。父だった。その顔を見てようやく、先ほどの声が父であると気付く。男に続いて書斎に入っていった。

耳の奥で心臓が大きな音を立てる。祖父の死後、父は祖母に代わって病院の手続きや葬儀など、様々な事を取り仕切ってきた。祖母から合い鍵を預かっていても不思議はない。何かの必要があって、関係者と一緒にやって来たのだろう。きちんとした身なりをしているところを見れば、おそらく相続関係の税理士か弁護士だ。

そう思い付き、いったんは納得したものの、すぐさま疑問が湧《わ》く。関係者なら、家主の留守に来るだろうか。不審感が膨れ上がる。父の長崎行きには第三者の影があった。同じ人物か。再び鼓動が高くなっていく。

ドアが閉まる音を聞いてから歩み寄り、書斎の前に立った。息を呑みながらドアノブに手を伸ばし、それを握りしめるようにして少しずつ動かす。緩《ゆる》んだドアを僅《わず》かに開け、隙間に顔を押し付けた。

二人はこちらに背中を向け、書架の前に並んでいた。父が何かを男に手渡す。視界を広げるためにさらにドアを開けると、書架の扉の一つが開けっ放しになっているのが見えた。男が手にしていたのはA４のバインダーで、それを机に置くとページを捲《めく》りながら隣りに立つ父に目を向ける。

「四散したって言われてたのに、現存してたんだ」

父は深い息をついた。

「コピーだけどね。オリジナルは長崎にある。今じゃもう歴史的価値しかないけど」

男はページに視線を落とし、終わりまでざっと目を通してからスマートフォンで表紙を撮った。

「一度見ておきたかったんだ。ありがとう」

「いや、こちらこそ世話になった」

男はバインダーを閉じ、父に返して握手を交す。

「うちに腕のいいのがいると、よかったんだが」

和典は耳を欹《そばだ》てた。

「泌尿器科は、弱くてね」

どうやら病院関係者らしい。

「充分だったよ。いい医者を紹介してもらったと思ってる」

バインダーを書架に戻している父に、男が問いかける。

「このまま続行するのか」

父は振り返り、苦笑した。

「正直、迷い始めてるよ」

聞き返したくなるほど父らしくない言葉だった。いつもきっぱりと行動してきたのではなかったか。何も言わず一人で決めて動いてしまうから周りが付いていけないと、母からよく聞かされていた。その父が迷うのか。そこまで考えて、はっとする。自分の中にいる父は、母から与えられた虚像でしかない事を思い出した。

今、目の前で苦い笑いを浮かべている父は、いつもよりずっと頼りなげに見える。

「誰にとってもこれがプラスだとの確信が持てればいいんだが」

男は、労《ねぎら》うように父の背中を叩いた。体が揺れ、背広のフラワーホールに刺してあったラペルピンが一瞬、光を跳ね返す。祖父の見舞いに行った時、病棟内を歩いていた医師や病院職員たちの胸によく見かけた徽章《きしょう》だった。

「じゃこれで」

男が身をひるがえす。あわててドアから離れ、祖父母の部屋に飛びこんだ。そっと閉めたはずの戸が軋《きし》み、悲鳴のような音が上がる。鼓膜に谺《こだま》して増幅し、全身に亀裂が走る思いだった。目に飛び込んできたドアロックを掛けようと手を伸ばしかける。だが新たな音が生じる危険があった。強張《こわば》る体を宥《なだ》めつつ、戸に耳を押し当てて様子を窺《うかが》う。書斎のドアが閉まり、二人の足音が近づいてきた。

部屋の前でそれが止み、いきなり戸が開いて父が立ちはだかる様子が目に浮かぶ。

喉が干上がりそうな気分で息を呑んだ。ここで見つかったら、どうなるのだろう。父は何と言うのか。自分は言い逃れる事ができるだろうか。夢中で言い訳を考える。

足音は通り過ぎていき、革の靴底が玄関の三和土《たたき》を擦《こす》った。ドアの音が響き、想定外の登場を締め括《くく》る。体中から溜め息を漏らしながら、知らず知らず見開いていた目を閉じた。取りあえずよかったと思いつつ、二人が見ていたものが何だったのか確かめたい気持ちに駆られる。

部屋を出て書斎に入り、書架を開けた。二人が手にしていたバインダーを取り出す。中には古いコピー用紙が綴《つづ》られていた。表面はコーティングでもしてあるかのように滑らかだったが、全体に黒ずんでいる。特に隅の方は、焦げたかに見えるほどだった。陽画感光紙なのだろうと見当をつける。自然感光したらしい。

最初の紙の上部には、Die Germanenとあり、その右下にDer Sonderausschβと書かれていた。これがタイトルのようで、シリアル番号が付き、中央部には卵形のエンブレムが印刷されている。二重楕円で囲まれた内部の絵は、リボンが巻き付いた直立の剣、周りにはアルファベットが配されていた。それぞれが変形、装飾されており、何語なのかわからない。

表紙を開けると、中には横文字が並んでいた。OやUの上に‥があるところを見れば、ドイツ語か北欧語だろう。十数ページ捲《めく》ると、またタイトルの書かれた紙が出てくる。シリアル番号は一つ大きくなっていた。

スマートフォンで検索サイトを呼び出す。定冠詞と思われるＤｉｅとＤｅｒを除いてタイトルを入力すると、最初の単語はゲルマン民族、もしくはゲルマン人、次は特別委員会と和訳されていた。番号が付いているところを見れば、その特別委員会が定期的に出した刊行物なのだろう。二人の会話を思い出す。これは現存するとは思われていなかった文書のコピーで、本物は長崎にあるのだった。

長崎、先日から何度も出てきていながら余りにもわからない事の多いその地名に、うんざりする。祖父の実家と野枝の家、父の秘密がある所、そして和典が多鶴と出会った場所。

言葉遣いから考えて、父と男性は友人らしい。高校か大学の同期生だろうか。祖父が入院したのは父の卒業大学の病院で、コネと聞いている。男はそこの医者か技師、あるいは研究員か。こんな古い文書に興味を持ってわざわざ見にくるのだから、学者以外に考えられなかった。

ネットで祖父の入院していた病院を検索してみる。診療科と検査部門を開くと、医師紹介のページがあった。一人一人見ていき、先ほどの顔にたどり着く。准教授で、消化器内科の外来医長水上保《みずかみたもつ》と書かれていた。首を傾げる。

先ほど水上は、他病院の泌尿器科に診察を任せたかのような言い方をしていなかったか。祖父の死因は、老衰による肺炎と心不全だった。泌尿器系の病気を患っていたとは聞いていない。入院中の患者に外から医師を招くのは、異例だろう。それも命にかかわる重篤な症状ならともかく、病んでもいない部位の治療のためというのは奇妙な事だった。

もう一つ、このまま続行か、とはどういう意味だろう。このままという言葉を使うからには、既に何かが始まっているのだ。それに対して父は、迷っていると答えていた。確信が持てないまま、いったい何を進めているのだろう。

机に置いたバインダーに、再び目を向ける。父の言葉を裏返せば、歴史的価値はあるという事になる。四散したというのは、どこの国でだろう。オリジナルは長崎にあるという話だったから、このコピーが取られたのはおそらくそこだ。誰が、いつ取ったのか。

裏返したり、また表に戻したりして考えていて、使用されている陽画感光紙に目を留める。日本では、陽画感光紙の流通期間は短かったはずだ。これを使うコピー機が世に出てから、確か三、四年後には進化したゼロックスが輸入されてしまい、市場から駆逐される運命をたどったのだ。コピーの時期は、かなり絞れる。

スマートフォンで検索してみた。陽画感光紙を開発したのは理研《りけん》で、一九二七年とあった。それが事務用コピー機に組みこまれ、発売されたのは一九五一年。つまり目の前のこれは、早ければその年のコピーと考えられる。祖父は今年九十六歳、一九二二年生まれで、結婚したのは一九四七年。陽画感光紙を使うコピー機が出たのはその四年後だった。

脳裏で光が旋回する。カルシュウムに点火した時のように鮮やかだった。コピーの仕舞われていた隣りの書架に飛び付き、祖父の日記を引き出す。破られたあのページを開き、年月日を確認した。

祖父と野枝が会ったのは、コピー機が発売された年、祖母の話ではそれから十日程してチッキで荷物が着き、それを祖父はそのまま送り返している。だが祖母は中を見ていないのだ。そのままというのは、あくまで外見の事だろう。中味は、来た時のものとは違っていたかも知れない。

届いた荷物の中には、このコピーが入っていたのではないか。長崎にあるというオリジナルを、野枝がコピーして祖父に送ってきたのではないだろうか。

二人が出会った日、野枝は、祖父の日記で計画と称されるようになるものの全貌について話した。ところが祖父は話だけでは踏み切れず、合意しなかった。それで野枝はこのコピーを送ってきた。これを読んで初めて祖父は、腹を決めたのだ。その実行を決意し、承諾した印に送金を始めた。野枝に送り返したのは、このコピー以外の何かだ。

強い鼓動が体中に響き渡り、まるで耳元で大太鼓でも連打しているかのようだった。他の可能性についてはもう考えられそうもないほど、そこに気持ちが固定されている。計画という記述、送られてきた荷物、書斎に置かれたコピー、開始された送金、それらの日付、すべての要素が一つの流れを作って自分の推論を支持しているように感じられた。完璧としか思えない。つまり、このコピーに何が書いてあるのかをはっきりさせれば、計画の正体もわかるのだ。

先ほど自分一人で抱えていればいいと思った謎が、意外な展開を見せている事に胸が騒いだ。いずれ解決できるだろうと思っていた悠長さは、もう影さえもない。

肝心なその機関誌が読めない事に苛立ちながら、目まぐるしく考えた。誰か、これを翻訳できる奴はいないだろうか。一瞬、中学時代に付き合った女子の顔が浮かんだ。高校に入ってから半年間のドイツ留学をしたと噂で聞いている。以前から国語と英語の成績が抜群に良く、言葉で世界と繋がるような仕事に就きたいと言っていた。

付き合いは長く続かず、別れてからは一度も会っていないが、コンタクトしてこの文書について聞く事は可能だった。

だが、本当にそれだけと受け取ってもらえるだろうか。未練がましく思われるのではないか。やめておいた方が無難だろうと考えながら、意外と臆病な自分に舌打ちした。

スマートフォンで表紙を撮影し、黒木に送る。早急に調べてくれと言葉を添えた。黒木は生徒会に所属し、多彩な人脈を持っている。きっと誰かに回し、そう遠くないうちに結論を出してくれるだろう。

6

帰ってきた祖母には、野枝についての記述は皆無だったと報告した。安堵したその顔を見てから家路につく。その途中で突然、思い付いた。なぜ父は、あそこにあのコピーが置いてある事を知っていたのだろう。

父は祖父の写真を持ち出していたが、アルバムなら何かの機会に目にしていても不自然ではない。昔話のついでに祖母が出してきて広げた事もあっただろう。だがあのコピーは、茶飲み話の流れで出して見せるようなものではないし、あれだけ大量の蔵書が収めてある書架の中から偶然に見つけ出せるものでもなかった。もし父があれを見つけたとすれば、そこにあるという情報を予《あらかじ》め入手していたとしか考えられない。誰からだ。

謎は絡《から》み合い、複雑怪奇なものになっていた。急に雨が降り出す。雨足は強く、アスファルトに当たって跳ね返り、あたりを白く染めていた。日本の気候帯は温帯から亜熱帯に近づいてきたと言っていた気象予報士がいたが、既に熱帯なのではないかと突っ込みを入れたくなるほど激しい降り方だった。風に乗り、顔に吹き付け、顎《あご》から流れ落ちて胸に蔓《はびこ》る混迷を打つ。滅茶苦茶に降りしきり、全部を根こそぎ押し流して跡形もなく掠《さら》っていってほしかった。そうでなければ元の生活に戻れそうもない。

何とか家にたどり着き、犬のように頭を振りながら自転車を停めた。両手で顔を拭《ぬぐ》い、体を払って玄関を入る。

「どこ行ってたの。あらやだ、ビショビショじゃない。そのまま上がらないで」

出てきた母があわてて入っていき、タオルを持ってくる。それを受け取りながら聞いてみた。

「昔の女性って、自分名義の通帳作らなかったの」

母はキョトンとした顔になる。

「まぁそうね、日本の昔の社会は今のような個人単位じゃなくて、家族単位だったからね。家族の代表は戸主、今でいう戸籍筆頭人。妻にとっては、たいてい夫よ。だから夫の名義で妻が通帳を作るのは普通。夫のものは妻のもの、分ける必要を感じなかったってとこじゃないの。名前を聞かれて夫の名を名乗り、の妻ですって言う方が通りやすかったって話もあるくらいだから」

そういう時代から個の時代に百八十度の転換を強いられ、自分を変えながら生きてきた今の老人たちに、尊敬の気持ちを抱く。自分ならおそらく適応障害になるだろう。

「それ、私の質問の答じゃないんだけど」

背中に投げられた声を無視し、階段を上る。

「和典っ」

締めたドアで怒声を遮《さえぎ》った。あのコピーは、祖父の日記に書かれていた計画の本源であり、父はその存在を知っていた。もしかして祖父の計画についても知っているのか。

胸の中を、冷たいものが流れ落ちていく。知っているとすれば、どうやって知ったのか。日記を読んでか。だがコピーの在処と同様、日記に書かれているという情報を入手していなければ、それを探る気にはならないだろう。誰から聞いた。その時、ページはまだ切り取られていなかったのだろうか。

コピーの場所と、切られる前の日記の記述、その双方を知っている人間は、どう考えてもただ一人、祖父本人だけだった。父が長崎に行き始めたのは二年前からだと思い出す。搭乗券の最初の日付は、祖父の入院直後だ。

先へ先へと走っていく憶測を止められない。不安定な石の上に、さらに石を積み重ねているような気分になりながら、もしかしてと考えてみる。

二年前、父は祖父から頼まれたのか。入院によって死を覚悟した祖父が息子に計画の全貌を打ち明け、続行を依頼したとか。では父の長崎通いは、そのためか。今まで和典がそこに感じていた第三者の影は、祖父のものだったのか。血痕が付くような作業を、父だけでなく祖父もやっていたという訳か。汗ばみ始めた手を拭い、まだ濡れているズボンの後ろポケットからスマートフォンを出して祖母にかける。

「あら典ちゃん、先ほどはありがとうございました」

悠長な挨拶から始まる日常会話が煩《わずら》わしく、押し切るように無理矢理、質問を投げた。

「実家を売却した後も、お祖父さんは長崎に行ってたんですか」

返事は、きっぱりしていた。

「いいえ、一度も行っていませんよ」

違うのか。計画をスタートさせた祖父本人が行っていないのに、父が行く理由は見つからなかった。あるいは、こうか。祖父は野枝の才能を評価していた。任せておいても大丈夫だと踏んでいたが、父にとって野枝は未知数だ。託された以上は実際に足を運んで確認したり、経過を見る必要があった、とか。だが、いったい何の計画だ。多量の血が染み付くような何をやっている。

スマートフォンを握りしめた手が強張り、震えが止まらない。もう一方の手を添えてそれを放し、机に置いた。左右の鼻孔を片方ずつ押さえて深呼吸を繰り返し、血液中に放出されたアドレナリンを回収しようと努める。五分ほどかけて、なんとか震えを収めた。

ページを切り取ったのは、おそらく祖父だろう。書き記した事を後悔したからだと今までは思っていた。だが本当は、計画を隠蔽するためだった可能性が高い。あるいは父が、同じ動機でそうしたという事も考えられた。つまりこの計画は、そうやって隠さなければならないようなものなのだ。

目の前に広がっている不穏な闇、その深い底から恐怖が這《は》い上がってきて再び背筋を震わせた。ワイシャツに付いていたという血痕がまざまざと立ち現われ、あたりを染めていくような気がする。禍々《まがまが》しさに吐き気がした。

そこに分け入っていけば、今まで知らなかった父、そして祖父の姿が見えてくるのだろう。知りたい気持ちは大きかった。だが踏み込むだけの勇気が自分にあるのだろうか。どこに行きつくのかもわからず、手にできる結論は耐えうるようなものではないかも知れない。父も祖父も直《ひた》隠しにしており、介入は望まれていないのだ。そんな所に敢えて頭を突っこむ意味があるのか。二人の意を汲み、傍観する方が賢いのではないか。

様々な考えが絡《から》まり、纏《まと》まらないまま時間だけが過ぎていく。気持ちは重くなる一方だった。思わず立ち上がり、本棚から「ABC予想の証明とは」を取り上げる。無造作にページを開き、所狭しと並んでいる数字を目に映してほっとした。手が止まった所にあった定式化された定義に整数を入れたり、累乗したりしながら次第に作業に集中する。

数学が好きなのは、常に理路整然としているからだった。一定の法則に則《のっと》り、決して乱れず、どこまでも一貫している。その美しさに心を動かされる時には、高名な数学者や物理学者が自分自身に重なった。この世で数学ほど美しいものはないと言った数学者エルデシュ、クリケットの試合と数学の美を並べて論じた整数論のハーディ、美しさに最高の敬意を払い続けたアインシュタイン、その他多くの学者たちと同じ事を感じている自分に、自尊心が満たされる。

喜々としてページを捲《めく》りながら、待てよと思った。数学にもこのABC予想を始めとしてまだ証明されていない混沌が存在している。それらは未解決問題と呼ばれ、多くの数学者がその証明に人生を注ぎこんでいた。和典も、未解決問題の規模とは比較にならないものの、相当な時間をかけて円周率を小数点以下かなりのところまで算出していた時期がある。循環しないその展開に心を惹かれ、自力で追究したかったのだ。おそらくそこに自分の存在意義を見出していたのだろう。

では今、直面しているこの問題を究明し、整然としたものにする事に存在意義は感じないのか。その謎が放つ正体不明の闇を畏怖し、回避しているのは逃げだろう。恥ずかしいと思わないのか。

父と祖父の真の姿は、確かにその闇の中にあるのだ。それが真実なら、たとえどんなものだろうと目をつぶる事はできないのではないか。家族として知らずにはいられないし、受け止めない訳にはいかないだろう。

先日、母の色に染められていない父を発見した時の満たされた気持ちを胸に広げ、その力で恐ろしさを塗り潰そうと図る。祖母の言葉が思い出された。

「迷った時には、積極的に前に出るのが上杉家の家風なのよ」

そこに縋《すが》るような思いで、このまま突き進もうと心を決める。残っている謎は五つだった。血液は誰のものなのか。祖父の写真はそれにどう関わっているのか。なぜ持ち出したのか。送り返された荷物の中には何が入っていたのか。そして、そもそも計画とは何なのか。

第四章　法律スレスレ

1

「上杉先生」

黒木から電話があったのは、真夜中過ぎだった。高二生としては普通に起きている時間帯だが、その声の奇妙な明るさを聞いたとたんに気持ちが滅入った。黒木は皮肉屋だ。聞かない方がましだったと思えるような情報に違いない。浮かない返事をすると、かすかな笑い声がした。

「眠気も吹っ飛ぶ超ビッグニュースだぜ」

浮き浮きしたような声が癇《かん》に障《さわ》る。

「昼間もらった画像、解析した」

首から肩に、網の目のように緊張が広がった。

「まずタイトルは、ゲルマニアだ。特別委員会機関誌という副タイトルとシリアル番号が付いている。エンブレムの二重楕円部分に配された装飾文字は、nはhと読む。矢印みたいなのはeで、不等号はcだ。時計と逆回りにAhnenerbe Deutschesと読んで、ドイチェス アーネンエルベ」

どこか遠くの話をされているような気がした。緊張が解けていく。

「ドイチェスはドイツの、アーネンは祖先、エルベは後継あるいは遺産で、まとめてドイツ祖先の遺産。一九三五年にドイツで創設された研究機関で、古代を研究する学者の集まりだ。このエンブレムはその紋章。創設者はヒムラー」

一気に、目が覚める。

「ハインリヒ・ヒムラーか」

ほとんど反射的につぶやくと、ゆっくりとした答が返ってきた。

「Ja，genau so」

舌打ちしたい気分でつぶやく、俺にわかる言語で話せよ。

「ヒトラー側近にして全ドイツ警察長官ヒムラー御大《おんたい》の直属だ。その後ナチス親衛隊の下部組織となった時には多くの研究部門に分かれ、多数のエリート学者を集めていた。ドイツ国内の有能な学者は全員、ここに所属していたとすら言われている。自然および社会科学の研究が中心だったが、その中でこの特別委員会は特殊な存在だったらしい。遺伝学の専門機関であるベルリンの人類学・人類遺伝学・優生学研究所や、アウシュヴィッツの病理学実験研究所と横の連絡を密に取り、最先端の遺伝子研究をしていたようだ」

目の前に開けていく景色の忌まわしさに息を吞む。アウシュヴィッツの病理学実験研究所というのは確か、捕虜収容所の中にあったはずだ。人体実験で悪名高く、戦後の連合国裁判では死刑判決を受けた者もいる。そこと連携していた機関の発行物が、なぜ長崎にあるのだろう。そのコピーを、どうして祖父が持っている。そんなものを手に入れて、いったい何を計画していたのか。

「だが詳細は、わかっていない。敗戦に際してドイツ親衛隊が建物を破壊、書類を焼却しちまったんだ。まぁ敗戦時にはどこも似たようなもんだけどね。日本だって登戸《のぼりと》にあった研究所を破壊してるし、歴史をたどればあのナポレオンもやってる。で、実態は謎に包まれたままだ」

水上の言っていた四散とは、おそらくその時期の事を指していたのだろう。

「本物の機関誌なら、世紀の大発見だぜ。オークションに出せば高額がつく。フェイクの可能性、ありそうか」

そうだったら、どんなにいいだろう。祖母の話では、祖父は国立伝染病研究所や公衆衛生院にいた。医学的知識は持っていたはずで、フェイクに騙《だま》されて腹を決め、長期にわたって送金を続けたあげくに死後の後継まで頼むとは、到底思われなかった。

「百パー、ねーよ」

ワイシャツを染めていた血痕が、うねる潮のように満ちてきて頭上から崩れかかってくる。飛沫を上げるその波の中に包み込まれ、どっぷりと浸かりこんでいく気がした。

「あ、そ。受信した表紙から得られた情報は、以上だ。中味があれば、また探ってみるけど。そのコピーって、全文で何枚くらいなの」

目分量での枚数を告げると、唸《うな》るような声が返ってきた。

「時間、相当かかりそうだな。ボランティアでやってくれる奴が見つからなけりゃ金もかかるし。ネットの無料自動翻訳とか、誰かに読み上げてもらってポケトークって手もあるが、こういった特殊なものになると歯が立たないだろうな。たとえできても、精度が甚《はなは》だしく落ちる。専門の翻訳家なら仕事は完璧だが、ページ三千円くらい取るね。コネならプライスダウンできるかもしれないけど」

全部でいくらになるのかを計算し、とても無理だと結論する。

「自動翻訳の会社ならもっと安いが、多くが月契約だからな」

取りあえず話を切り上げ、電話を切った。両手で髪を掻き上げ、そのまま握りしめる。まだ信じられない思いだった。祖父は、なんでそんなものに手を出したのか。いや手を出したのは、おそらく野枝だ。祖父は持ちかけられ、引きずりこまれた形だろう。だが野枝は、どうやってそれを入手したのか。考えを巡らせていて、野枝の祖父に行きつく。業界トップの海運業者だったと聞いた。有名な人物や会社なら、ネットに情報が出ているだろう。

スマートフォンに苗字を打ちこみ、業種を追加、野枝の年齢からその祖父の生きていた年代を想定して入力してみる。すぐさま本人のプロフィルと華々しい経歴が浮かび上がった。

政商として成り上がり、一代で莫大な富を築き上げたとある。性格は大胆で情報通、一族の詳しい家系図から曾孫の名前まで載っていた。有名人の関係者となると、個人情報は保護されないらしい。だが野枝の名は見つからなかった。妾宅《しょうたく》を持っていたという話だから、非嫡出なのかも知れない。

海運業者であれば、海外に出かける事もあっただろう。大戦前のベルリンで現地調達したあの資料が、孫の野枝の手に渡ったのか。だが渡独した日本商人がいくら金を積んでも、それだけでナチスの機関誌を入手できるとは思えなかった。

漫然《まんぜん》と経歴を見ていて、スクロールする手が急に止まる。一九一一年に合名会社を作り、神戸に支店を設けていた。取り留めもなく頭の中に広がっていた情報が、ゆっくりと一つに集約されていく。神戸市は、確かナチスを迎えてイベントをした事があったはずだ。そこでの接触か。

長崎の祖父の実家が売却された後、長期の休みは神戸の母の実家や別荘に足を運ぶ事が多くなった。最初の夜は必ず親戚中が集まり、一大宴会になる。その度に神戸の歴史が話に上った。皆が神戸を愛し、様々な思い入れを持っているのだった。

明治初めから第一次世界大戦前まで、神戸には外国人の商館が数多く建てられていた。北野町あたりに林立する異人館のほとんどはその時代のもので、和典の伯父が所有している別荘も同様だった。中でも抜きん出て数が多かったのがイギリス人、次いでドイツ人だった。

「うちの隣りに住んでいたのは、ドイツ人のファートさんよ。貿易会社を営んでらしたの」

ドイツが第一次大戦で敗けた時には、神戸から引き上げる商館が相次いだ。しかしその後、国家間で交流が盛んになり、昔の賑いが戻ってきたのだった。ナチス・ドイツがオランダに侵攻、占領した折には、オランダ領東インドに住んでいたドイツ人の多くが日本へと移り住んだこともあり、神戸のドイツ人口はさらに増えた。

第二次世界大戦で日本がドイツと協定を結ぶと、神戸にはドイツ海軍事務所が設立され、そして一九三八年、来日したヒトラー・ユーゲントが東京での滞在の後、神戸を訪れたのだった。親戚の中には、子供の頃にこれを目にした者も多く、その話はよく聞かされていた。

「まぁもうそりゃあカッコよかったですよ。十四歳から十八歳くらいの少年ばっかりでね、スラッと背が高くて八頭身で、そろって金髪、青い目で、これ以上ないほどのイケメンで、ザッザと革の長靴の音を立てて元町商店街を行進して行ったの」

ヒトラー・ユーゲントというのは、ナチスの青少年組織である。当初はエリート集団で、その後は多くの青少年が動員された。戦局の悪化により、充分な訓練を受けないまま戦場に投入され、ほとんどが戦死したと言われている。

「私たちは皆、目がハートよ。はしたないとは思ったけれど、もう夢中。千切れるほど旗を振ってしまったわねぇ。その後は、しばらくその話で持ち切り。誰も彼もドイツに行きたがってね、溜め息ばかりついていたわ」

当然、夜は歓迎会が開かれ、ナチス幹部と地元の名士が交歓しただろう。神戸に支店を持っていた野枝の祖父にも声がかかったはずだ。当時、祖父は七十一歳。先ほど見たネットのプロフィルには、情報通とあった。一代で巨万の富を築くには、それが必要不可欠だったのだろう。様々な機会をとらえて情報を収集していたに違いなく、東京での交歓会にも出席したはずだ。そこで目ぼしい商売話を摑《つか》んで、神戸でさらに進めようとしたか、あるいは東京より参列者総数の少ない神戸なら、軍人個人に接近できると目論んで駆けつけたか。その際の会話でナチスの研究内容に興味を持ち、それが商売になると考えて資料を入手した可能性は大いにある。

それとも逆で、ナチスの方から富豪の海運業者に資金援助を持ちかけ、見返りに当時最先端だった特別委員会の研究内容を提供したのだろうか。ナチスにも資金繰りの苦しい部署はあっただろうし、私腹を肥やしたい党員もいただろう。

手に入れた資料は、果たして金儲けに結びついたのか。それが今、野枝の手にあるところを見れば、活用しかねたのかも知れない。本人の死去は一九四四年、終戦の前年だった。それによってプロジェクトが中断、継続を望む声が社内になかったという事もあるだろう。

野枝は医学の道を進むに当たって祖父からそれを譲り受けたか、あるいは形見として贈与されたのか。

スマートフォンを机に置き、立ち上がってベッドに倒れ込む。反転して天井を見上げ、両腕を頭の下に入れながら考えた。

問題は、その資料から野枝がいったいどんな計画を思いつき、和典の祖父に持ちかけたのかという事だった。死んだ祖父に代わって参加した父との間で今、何が進んでいるのか。地道にあのコピーを読むのが早道だろうが、黒木は時間も金もかかると言っていた。もっと手っ取り早い方法はないだろうか。

2

一瞬ですべてを明らかにする方法が、一つだけある。

最後の手段として残しておいたそれは、父を問い質し、話させる事だった。だが危険を伴う。写真を密かに持ち出し、血痕を隠していた父があっさりと話すはずもなく、また和典が気付きつつある事を知ればどんな態度に出るかわからなかった。事態が今以上に緊迫するのではないかという不安が拭えない。

安全を確保しながら進もうと思えば、こちらの動きを察知させずに探るしかなかった。そうすれば危なくなった時には恍《とぼ》けられるし、いつでも引き返してこられる。直接切りこめないだけに成功は不確実だったが、他に名案もない今、一度やってみるのも悪くないだろう。

翌朝、起きるなり、アプリで父の居場所を確認する。家にいた。様子を窺《うかが》おうとして階段の上の廊下にしゃがみこみ、手摺りのスポークの間に顔を押し付けて階下を見下ろす。いつもなら先に動き出す母が姿を見せず、代わりに父がホールに現われた。玄関からポーチに出ていき、新聞を取ってきてダイニングに入っていく。どうやら母はいないらしかった。

ちょうどいいと思いながら階段を下り、唸《うな》るようなコーヒーミルの音が響いているダイニングに入る。父はテーブルに新聞を置いたまま、調理台からビルトインのクッキングヒーターの前に移動していた。聞き取れるか取れないかの音量で、ポロネーズ遺作がかかっている。ダイニングでは、たいていショパンだった。

母に言わせると、ショパンは華麗で美しく繊細で最高という事で、それ以外のCDは用意されていない。和典も嫌いではなかったし、逆らうと面倒だったので、それで良しとしていた。だが父はどうなのだろう。意見を聞いた事がなかった。

「母さんは」

持ち上げられたドリップポットの中で、沸騰した水が音を変える。

「大学で勉強会らしい」

和典は自分のマグカップを取り出し、父のマグの隣りに置いた。そっと様子を窺《うかが》う。父は黙ってドリッパーに湯を回し入れていた。真剣な眼差は、診察室で検査写真と向き合っているかのようだった。仕事中の父を見た事はない。だがドリップしているところを見かける度に、たぶんこんなふうなのだろうと想像していた。コーヒーの香りが立ち上り、空気の中に焦《こ》げ茶色の流れを作る。

冷蔵庫の脇に置いてあるパンケースをのぞけば、胡桃《くるみ》のクロワッサンと三つ編みブリオッシュ、スライスした葡萄《ぶどう》パンが何枚か入っていた。カップボードからパン皿を二枚取り出し、父を振り返る。

「パン、どれ、食うの」

父は、湯気の立つコーヒーカップ二つを持ち上げ、テーブルに向かっているところだった。目いっぱい注いだらしく、足取りが慎重になっている。

「どれでもいい。二つ」

二つというのは、どういう数え方なのだろう。三十センチほどもある三つ編みブリオッシュも、一つとカウントするのか。判断しかねていると、父が近寄ってきて、片手で和典の持っていたパン皿、もう一方の手で葡萄パンを二枚摑《つか》み、そのままテーブルに戻っていった。腰を下ろし、コーヒーを片手に新聞に目を通し始める。

和典も自分の席に着いた。流れるショパンを聞きながら、黙ったまま、ただ食べる。二人の時は、いつもこんなものだった。それが普通で、なんの違和感もない。話題の豊富な父親を持つ若武や、クラスメートたちが羨《うらや》ましくない事もなかったが、口数が少ない父に馴染んでいたし、母がいてけたたましくしゃべり立てる状況よりこの方がずっとましだと思っていた。

祖父もしゃべらず、祖母が二人分話していたとか。女というのがどこでもそうだとすれば、静寂に耐え、粛として沈黙を守るのは、男らしい行為と言えるだろう。

母がいない時の、無頓着な朝が過ぎていく。ライトコートから出窓に差しこむ光が少しずつ強くなり、龍舌蘭《りゅうぜつらん》の葉のクロムグリーンがいっそう鮮やかになってきた。このままいつも通り無為の内に朝食を終わる事ができたら、どんなにいいだろう。それをさせてくれない父を恨みながら口を開く。

「あのさぁ」

母がいないこのチャンスを逃す訳にはいかなかった。

「昨日、友だちとＬＩＮＥで、ナチの話してたんだけど」

父は新聞から目を離さず、横顔に変化はない。

「二次大戦の時には、日本ってドイツと同盟してたんだろ。当時の日本の内閣や政商で、ナチと親しかった人間っているの」

父は音を立てて新聞を捲《めく》る。視線が紙面の上をゆっくりと移動した。

「その辺は、あまり詳しくないんだ」

この場合の逃げ方としたら、ベストだろう。同じ立場だったら和典も、おそらくそう言ったに違いない。

「もしいたとしたら、戦後の横浜裁判でBC級戦犯として実刑食らってるはずだ。まぁ勝者が敗者を裁く裁判で相当問題のある判決だったそうだけど、敗戦国としては何も言えないからな」

さり気ない顔で新聞を畳《たた》みかけた。見れば、いつの間にかパンは無くなっている。ここを出ていかれたら、追いかけてまで聞くのは不自然だった。早くしなければと浮足立つ。

「ジーさんは、年齢的に考えて軍国少年だよね。ナチについて話してた事、何かあったんじゃないの」

父は新聞を立て、テーブルの上で音をさせて端を揃《そろ》えた。

「さぁ覚えてないな」

立ち上がり、床に置かれた雑誌ラックに向かって身を屈めながらこちらに視線を流す。

「何で、そんなに興味を持ってるんだ」

目の中に硬い光があった。射止められて頰が強張《こわば》る。祖父の秘密を知っているのかと聞かれている気がした。冷や汗が噴き出すような気分で、わざとらしくない答を捜す。

「大学入試の傾向、最近変わってきててさ、戦中戦後に厚くなってるんだ。それに中高生ってナチに反応する奴、多いよ。わかりやすい上に、気を惹くようなディバイスを持ってる」

見破られただろうか。慎重に様子を窺《うかが》いながら、同時にそんな自分の弱腰に苛立《いらだ》った。臆病さを詰《なじ》る声が心を揺する。

「まぁそうかもな」

父はラックに新聞を差しこみ、身を起こした。そのまま出入り口に足を向ける。胸で、声が力を増した。おい、ここで逃がしてどうする。その強さに引きずられ、先ほどの父の質問にカウンターを見舞う気になった。

「そっちこそ、何でその辺に詳しくないの」

父の足が止まる。こちらを振り向いたのは、今まで見た事もないような顔だった。記憶にある父と引き比べ、どこという違いはないものの確かに違和感がある。こんな顔だったろうか。

「人間は誰も、オールマイティじゃないよ。それに現代史には興味を持ってないんだ」

表情がぎこちない。突っ込めば崩れて、何かが零《こぼ》れてきそうだった。心で怒鳴り声が上がる。逃すな、攻めろ。

「興味がないって、自分の父親のリアルタイムなんだから歴史とは別物だろ。ドイツは医学大国だったし、ナチは医学を重視してた。ジーさんも医者だろ。ナチに興味を持ってたはずだと思うけど、ちらっと聞いた事くらいあるんじゃないの」

父は、僅《わず》かに笑う。

「ないね」

切り落とすような口調だった。

「ネットで、ナチス・日本で検索してみれば」

吹っかけてみたくなる、何もかもわかっていると。迷いを口にしていた父の心に付け込み、祖母や母に話してもいいのかと脅せば、この計画の全貌を打ち明けさせる事ができるかも知れなかった。

だが自分が突然、脅迫者に変貌したら、父はどんな気持ちになるだろう。これまで決して近くはなかった距離が、いっそう遠くなるのは間違いなかった。表面上は何事もなく、和《なご》やかさに満ちていたこの場所で、自分たちは嚙みつき合う獣のように向き合うのだろうか。そんな事になったら、明日からはどうするのか。いや明日だけでなくその先は、これから自分たちはいったいどうなっていくのだろう。

踏み込む勇気が出なかった。沈黙は重くなり、視線はカチリと合ったまま微動もしない。次第に伸《の》し掛かられているように感じ、呼吸が苦しくなった。どうにも持ち堪《こた》えられなくなり、目を逸《そ》らせる。

「ん、そうしてみるよ」

逃げた自分が恥ずかしく、話を紛《まぎ》らわせたくて、ダイニングの空間を埋めている音に頼った。

「ショパン、好きなの、どこが」

取ってつけたようなわざとらしさが胸に沁《し》み、さらに惨《みじ》めな気持ちになる。

「リストほど技巧に走ってないから、かな」

軽い答を残して父は出ていった。それを見ながら拳《こぶし》に固めた片手を、もう一方の掌に叩き付ける。お互いに自己保身をしながら、核心の周りを回っていたようなものだった。舌打ちしつつ、踏み込めなかった自分を呪う。だがもう一度繰り返しても、たぶん同じだろう。父に話させる事は難しい。他に方法はないのか。

考えこんでいて、この計画を知っているのは自分と父だけではないと思い出す。水上保がいた。父と水上がどの程度の関係かはわからなかったが、試してみる価値は大いにある。和典が接触しても、水上は父に報告したりはしないだろう。俺たちは男だ、女じゃないからな。

壁の時計を見上げ、昼の休み時間に合わせて病院を訪ねようと決める。部屋に戻り、準備をしていて急に気が付いた。さっきのように父と見つめ合った事が、今までにもあった気がする。

これまで真面《まとも》に向かい合うような機会は一度もなかったはずだが、なぜかその印象が残っていた。先ほど父の目の中にあった鋭い光が、真っ直ぐ心に射しこんできたのを覚えている。だが捉《とら》えようとすると飛び散り、溶けるように消えていってしまうのだった。足場がなくなり、そこから先に考えを進められない。摑《つか》み所のない不思議な感触だった。

3

大学病院は山手線の輪の中にあり、地下鉄の二つの駅のどちらからも近かった。自動ドアを入り、多くの来院者で混雑しているロビーの奥に総合受付を見つけ、列に並ぶ。

「すみません、消化器科の外来医長水上保先生に会いたいんですが。僕は、水上先生と学生時代に同期だった上杉晶の息子で、和典と言います」

係の女性は電話をかけ、言葉少なく答えていて、やがてこちらに視線を上げた。このフロア内で少し待つように言われ、受付前から離れる。

行き交う人々の邪魔にならないよう壁際まで後退し、そこに寄りかかった。アポなしで会うのは難しいかも知れない。もし今日会えなければ、日を変えて出直すしかなかった。水上は手がかりを握る最後の人物である。何としても会わねばならない。

時間を潰す時にはゲームをするのが常だが、今日はそんな気になれなかった。スマートフォンで父の居場所を確認した後、ぼんやりとフロア全体を眺める。人混みは、膨らんだり縮んだりしながらいっこうに減っていかなかった。

付き添い者を除けば、この全員が病人か、その疑いを抱えているのだ。愚図る子供や、時計に目をやっては溜め息をつく高齢者、スマートフォンを片手に慌《あわ》ただしくモバイルスペースに向かうビジネスパーソンもいる。進路指導説明会では医大志望者が激増しているという事だったが、この様子ではまだまだ足りないかに思われた。

総合受付と薬局の間にある廊下の奥から事務服を着た背の高い男性が姿を見せ、受付の女性に声をかける。女性はこちらに目を向け、男性は受付を離れて、和典に歩み寄ってきた。

「上杉君ですか」

壁から体を起こしながら頷く。男性は案内板に目をやった。

「水上先生は診察中ですが、間もなく終わるので待っていていただきたいとの事です」

会ってくれるらしい。一歩前に進めた気がした。

「六階にある応接室Bを取ってありますので、そちらにお入りください」

礼を言い、フロア左手にあるエスカレーターに向かう。六階分ならエレベーターを使う方がいいのだろうが、周りが見えない箱の中では退屈だった。エスカレーターなら状況次第で歩けもする。デパートやショッピングモールと違って、階と階の間で行きたくもないスペースに誘導される事もないだろう。

いく度か折り返しただけで六階に着いた。床に足を踏み出したとたん、絨緞《じゅうたん》が厚い事に気付く。照明は薄暗く、どうやら特別なフロアらしかった。ドアの上部に掲示されている室名を見ながら、応接室Bにたどり着く。

出入り口のそばにあった電気のスイッチを押すと、八畳ほどのスペースが照らし出された。低いガラステーブルの周りに、ベージュのソファが四つ置かれ、窓は一ヵ所で、ブラインドが下がっている。

相手の表情を読み、逆にこちらを読まれないためには窓を背にするのがセオリーだったが、水上が来れば、座る場所を指定するだろう。出たとこ勝負と腹を決めるよりなかった。話も、水上の様子を見ながら進めるしかない。

「お待たせして悪かったね」

声と共にドアが開き、白衣を着た水上が姿を見せる。そのまま一瞬、動きを止めた。

「いやぁ驚いた、中高校時代の晶にそっくりだ」

一貫校の学友らしい。

「どうぞ座って。何か飲むかな。持ってこさせるけど」

首を横に振りながら、水上の手が指し示しているソファに腰を落ち着けた。正面から見る水上は、洒脱《しゃだつ》で都会的な感じがした。白衣の襟元からのぞいているノットの大きなネクタイは派手な蛍光緑だったが、細やかな地模様と光沢が功を奏し、品は悪くない。おそらく服装にはうるさいのだろう。

自分の足元に視線を落とす。メタリック加工のヌバックが蛍光灯の光を跳ね返し、濡れたように光っていた。フィンコンフォートを履《は》いてきてよかったと思う。これで第一関門は通過だ。

「悪いけど、あまり時間がないんだ。何の用事かな」

こちらに向けられた笑顔は爽やかで、好意的だった。単刀直入に切り出した方がいいだろうか。だが水上の性格がわからず、この時点で本音を晒《さら》せば危険が大きかった。おまけに彼がどこまで知っているのか見当がつかない。口籠《くちご》もっていると、水上は微かに微笑んだ。

「言いにくい事なのか」

勘は、いいらしい。

「じゃ、こうしよう。今日はここまでにしておいて、君は気持ちを整理し、話す準備を整える。それができたら僕のスマホに連絡をくれ。そしたら僕は改めて時間を取る。それでどう」

親切な提案だったが、改めて時間が取れるのはいつの事になるのだろう。その間に父は長崎に行き、血痕が付くような何かを繰り返すかもしれなかった。ここで打ち明ける危険、父が深入りしていく危険、どちらが大きいだろう。

「返事がほしいな」

水上の目に、苛《いら》立《だ》ちが浮かぶ。鈍重な態度に我慢できないのは、自分が機敏だからだろう。早急に選ばなければならないと感じ、余計に考えが纏《まと》まらなくなった。取りあえず時間を確保しようと図る。

「考えさせてください、三分」

水上は悪戯っぽい表情を見せた。

「どうぞ」

腕時計に視線を落とす。

「三分間の黙考、スタート」

ノリも悪くなく、話せる男かも知れなかった。中高時代の父に、友達が一人きりだったとは思えない。医学系に進んだ者も数いるはずで、その中から祖父の入院に当たって選んだのが水上なのだ。ある程度は信頼できると踏んでもいいのだろう。

「残り、二分」

それなら、ここは水上を味方に付けるべきではないか。そうすれば、計画を止めなければならない事態になった時にも、役に立ってくれるだろう。孤立し、アドヴァイザーもいない今の状況より、水上という武器を手に入れた方がいいに決まっていた。

では、どうやってそれをするのか。

「残り、一分」

真摯な姿勢を見せ、いかにも無邪気に手の内を晒《さら》して好感度を上げるのはどうだろう。身を任せるに等しいが、猟師も懐に飛びこむ鳥は撃たないはずだった。

「終了」

声には、和典の出方を楽しみにしているかのような余裕がある。多少くやしく思いながら、それを利用するつもりで口を開いた。

「父が何をやっているのか教えてください」

水上の眼差が一瞬、曇る。まるで眼球の上に薄い膜でも張ったかのようで、表情が読み取れなかった。微妙な反応をどう解釈すればいいのかわからず、取りあえず押してみる。

「僕は心配しているんです。父に不法な事をしてほしくない」

そこでいったん言葉を切り、様子を見た。水上はしばらく黙っていて、やがて重心を後ろに移しながら腕を組み、ソファに背をもたせかける。

「何を根拠に、そんな事を考えたのかな」

探りを入れてきたと感じ、緊張した。同時に頭を過《よ》ぎったのは、もしかして水上は、ごく部分的にしか聞いていないのかも知れないという事だった。それは彼が、どの程度父から信頼されているかのバロメーターでもある。慎重にしなければと自分に言い聞かせた。

「なぜ僕に、それを聞くんだ」

据《す》わった目で、こちらを注視する。ここは勝負どころだと感じ、肩に力が入った。助けを求めている高校生らしく、素直に全部を話していると思われなければ、味方には引き込めない。だが水上がまだ知らない情報があるとすれば、それをここで与えるのはまずかった。夢中で策を練る。

「抑々《そもそも》、君がここに来る事を、ご家族は知っているのか」

それを聞いたとたん、目の前が開けた。

「ええ、祖母から頼まれたんです」

心で祖母に謝りながら、実直な高校生を装う。

「先日あなたは、父と一緒に祖母のマンションに行き、書斎で、ある本を取り出して見たそうですね。その時の会話も残っています」

水上の顔に、驚きが広がった。

「書斎には高価な本があったので、祖父は生前、盗難防止用のカメラを設置していました。葬式も終わり、祖母が遺品の整理をしていて、最近の録画に気付いたんです。再生して見たところ、祖父が誰にも見せないようにと遺言していた本を、あなたと父が見ていた事がわかりました。祖母は色々と迷い、以前から近しかった僕に相談にきたんです。僕は、映像と会話からあなたを特定した。祖母が躊躇《ちゅうちょ》していたのは、祖父の意向は尊重しなければならないものの、ただ本を見たというだけで父を問い質し、その結果、対立するような事態になりたくなかったからです。それで僕がすべてを預かりました。僕の判断で、まずあなたに話を聞こうと思ったんです」

嘘八百だが、やむを得ない。

「事情については、僕は何も知りません。でも祖母を安心させてやりたいんです。それで、ここまで来ました。これはただ本を見たというだけの話ではないと感じています。父とあなたの会話からも、それが窺《うかが》える。父が何をしているのか話してください」

そう言いながら水上の目に視線を注ぎこむ。その奥に隠されているものを吸い上げたかった。

「お願いします。祖母も高齢です。夫が亡くなって気を落としている今、息子が不審な行動をしているとなったら、胸騒ぎがして寝られないのも当たり前でしょう。僕は、祖母まで失いたくないんです。もしそんな事になったら、あなたを恨みます」

水上は大きな息をつき、腕組みを解いた。

「まいったね」

体を前に移動させ、開いた両脚の上に両肘を突く。

「僕は、全面的に賛成している訳じゃないよ」

これまで完璧に封じられていた計画の一端が今、綻《ほころ》び、水上の口から零れ出そうとしていた。

「晶自身も、同じだと思う。これは彼が、父親から二年前に頼まれた事なんだ」

やはりそうかと思いながら、ひと言も聞き漏らすまいと神経を尖らせる。

「父親の願いを叶えてやりたい、その一心で手を付けた。だが迷い始めている。どこか受け止め切れていない部分があるからだ。それが大きくなってきているのが現状だと思う。僕もそうだ。頼まれて協力したが、今、それでよかったのかと自問自答している。晶が正しく舵を取っていくことを信じ、任せて待つしかないというのが正直なところだ」

どうやら全部を知っているらしかった。身を乗り出さずにいられない。

「それは具体的にどういう事ですか。父は何をやっているんです」

水上は開いた両手を合わせ、十本の指先に力を入れて俯《うつむ》いた。

「本人が言わない事を、僕の口から言う訳にはいかない」

緊張が一気に切れる。真っ直ぐに立っていた背骨がゆっくりと曲がり、体の中に減《め》り込んでいった。何とか少しでも聞き出したいと思いながら尋ねる。

「犯罪じゃないですよね。父は法に触れている訳じゃありませんよね」

水上は顔を上げた。足元が崩れていくのを見ていながら動けずにいる人間のように、ただひたすら哀しげだった。

「ギリギリだね。今後、法が整備されていくだろうから、そうなればアウトだ」

4

午後まだ早い時間の地下鉄は、空《す》いていた。いつもなら座らないのだが、集中したくて座席に腰を下ろす。水上の言葉を裏返せば、現状は何とか犯罪を免《まぬか》れているのだった。安堵する気持ちと、いっそう膨らんでいく今後への不安が胸を揺さぶる。一体、何が行なわれているのか。肝心な所に少しも近づけない自分が腹立たしかった。苛《いら》立《だ》ちまぎれに唇を引き結んでいて、乗車口から乗りこんできた中年女性に奇異な目で見られる。知らん振りで立ち上がり、車両を移動した。

隣りの車内ではアジア人観光客が十人近く、通路の両側の座席に分かれて陣取っていた。声高に会話を交わし、時おり菓子を投げ合って笑っている。そのまま通り越し、次の車両でようやく落ち着いた。

今、手元にある情報だけでは、父が何をしているのか見当もつかない。あの機関誌を翻訳し、その中から何かを見つけ出すしかないのだろうか。それとも水上のように、父を信じてただ待つのか。

水上にそれができるのは、父をよく知っているからだろう。和典が父について知っているのは唯一、自分の父親の人生に影響を受けて開業医になった可能性があるという事だけだった。それ以外ほとんど知らず、母からプレスされた父親像しか持っていない。そんな状態で、どうして信じられるだろう。

気持ちは纏《まと》まらず、打開策も構築できず、ぼんやりと車内に視線を彷徨《さまよ》わせる。手段がもう一つだけある事に気付いたのは、ドアの上部に付いている車内テレビにＪＲの宣伝が映った時だった。観光地を背景に立つ夫妻の映像が、以前に考えていた事を思い出させた。長崎に行き、野枝に接触する。

かつて多鶴について聞くために考え付いた方法だったが、それで今度は祖父と父の話、そして野枝が持ちかけたに違いない計画について聞き出せるのではないか。野枝こそはこの計画の指揮官であり、すべてを知る人間なのだ。その口を割らせれば、一気に全貌が見える。今残っているのは、その一手のみだった。

気になるのは野枝が高齢である事。その生命の火がいつまで保つか保証の限りではなく、既に手遅れという事もありえた。

電話は通じないのだから、とにかく行ってみるよりない。仮に存命でも会おうとしない可能性もあり、口を閉ざす事も考えられた。その場合はあの機関誌の内容をちらつかせ、この計画が法律の境界線上にあり、世間的、道徳的には批判を受けるに違いないと脅すしかない。

体を傾け、ズボンのポケットからスマートフォンを引き抜いて黒木にメールを打つ。一秒でも早く送信したくて、両手を使った。文字の変換の遅さが苛立《いらだ》たしく、打った文字が現れるまで待てずに、次々と打ちこんでしまって何度となくやり直す。

「例の機関誌の件、大筋を丸っと訳してくれる奴を捜してくれ。かかる時間と金について、連絡頼む」

返事は、地下鉄を降りる前に来た。

「そうくるだろうと思って、もう調べてある。前に話してたページ数なら、全体を読んで概要を箇条書きにするのに二、三日もあれば充分らしい。五万でいいって話だ」

それなら貯金で何とかなりそうだった。長崎往復の交通費も含め、もし足りなければバイトでもするしかない。高額を払うという特別な家庭教師の口を生徒会が斡旋《あっせん》していたし、死体洗いのバイトもかなりな収入になると噂で聞いた。受験へのスタートを切ったばかりのこの時期、バイトなど正気の沙汰ではないと自分でも思ったが、高齢の野枝はいつどうなるかわからない。最後の一人となった関係者を逃したくなかった。

「オッケ、発注しといて」

ホームでもう一度野枝に電話をかけ、出ない事を確かめてからネットで格安航空券を手配し、電車を乗り継いで駅から祖母の家に駆けつけた。

「突然すみません。もう一度、日記を見せていただいていいですか、気になる所があったので」

玄関に出てきた祖母は、興味深そうな顔をする。

「まぁご執心ね」

どことなく眩《まぶ》しげな瞬きを繰り返しているのは、今頃になって始まった亡夫と孫の交流を不思議に思っているからだろう。その内に、自分が安心させられているだけだとわかるかも知れなかった。悪意でした事ではなかったが、疾《やま》しい気持ちは否めない。長崎で、祖母に話す事ができるような結果を得られるといいと思った。そしたらすぐに報告しよう。

「よかったら、あの日記、典ちゃんに差し上げましょうか」

身を乗り出しての申し出を、丁寧《ていねい》に辞退する。置く場所がなかった。

「見るだけで充分です」

祖母は、おかしそうに笑い出す。

「冗談よ。形見ですもの、そばに置きます。でも私が死んだら、もらってやってくれるかしら。典ちゃんが保管してくれれば、お祖父さんも喜びます」

それを約束し、書斎に入った。機関誌全体を画像に撮り、黒木に送信する。翌朝、父の現在地を確認し、学校のサイトに欠席届けを出してから長崎に出発した。もちろん誰にも何も言わなかった。

第五章　パンドラの匣《はこ》

1

上空から見下ろせば、煙った海は細やかな襞《ひだ》のような海岸線で縁取られていた。複雑に入り組んだそこに光が当たり、白いアウトラインになって心に染み付く。風頭山を見定めようと目を凝《こ》らすものの、わからないまま高度が下がった。視界の中にある何もかもが大きくなっていく。家々の屋根が見えるようになると同時に街全体が見えなくなった。

葬式以降、毎日、祖父の事を考えている。生きている間は思いを馳《は》せもせず、存在すら忘れていたというのに、この世を立ち去った祖父はまるで和典の心の中に生まれ出たかのようだった。

本当はずっと知りたかったのかも知れない。だが祖父によって埋められなければならない場所が空洞になっているのを不思議に思わず、穴の開いているチーズ宛《さなが》らにそのまま受け入れていたのだ。

祖父の命が失われ、その目が和典の姿を映さなくなって初めてそれを意識し、自分の内の欠落に気付いた。先日つい医学部説明会に足を運んだのも、医学に関わった祖父の気持ちに触れたいと思ってだろう。

スマートフォンを開き、帰りの航空券を呼び出してみる。これを使う時には、すべての謎が解決し、祖父の事も父の事もわかっているはずだった。自分はどんな思いで帰路に着くのだろう。

小さな空港に降り立ち、リムジンバスで長崎駅に向かう。海に突き出した埋立地から、家も疎《まば》らな市外地を延々と走り、市内に入った。遂にやって来たこの街、そのどこかにあるはずの真実に、たどり着けるだろうか。ここまで来たからにはそれを摑《つか》まずには帰れないと思いながら、自分がパンドラの匣を開けようとしている事に胸が戦《おのの》く。

バスは、車体を民家の軒に擦らんばかりにして狭い十字路をいくつも曲がった。そのたびに体が振り子のように左右に傾く。匣の中からは何が出るのか。それを見ても自分は、これまで通りの生活を送れるのだろうか。祖父や父に憎悪や侮蔑《ぶべつ》の念を抱くような事になったらどうする。エンジンの震えが足の下に置いたアルミのトロリーケースを揺すり、革のスニーカーの底から体に這《は》い上がってきた。

終点のアナウンスを耳にし、立ち上がる乗客に交じってバスから降りる。駅前だったが工事中で、道路も含めたあらゆる所がビニールシートやベニヤで覆《おお》われており、一瞬、自分の位置を見失った。周囲を見回し、建物の看板を頼りにスマートフォンで検索して現在地を確認する。その目の前を青い路面電車が通り過ぎた。すぐそばの停留場で止まる。そちらへと歩いて案内板を見ると、いくつかある路線の内の一つが風頭山の麓まで行っていた。

家族で来た時には、バスに乗ったような気がする。どこかのバス停で降り、公園を通ってから祖父の実家までかなりの距離を下った。朧《おぼろ》な記憶を現在の住宅地図に落としてみれば、覚えていなかったバス停の名前は風頭山だった。そこからしばし歩くと山頂の公園に至り、さらに東に下った所に現在マンションが建っている。かつて祖父の実家があった場所だった。野枝の家はその隣りで、地図には今も山下野枝と記されている。路面電車を使った場合は、北東方向に上るようになり、距離的にはどちらの道もさほど変わらなかった。カップルやバックパックの観光客と一緒に青い電車に乗り込む。

途中の停留場で、ほとんどの乗客が降りていった。窓から見れば反対側のホームに溜まっており、どうやら別の路線に乗り継ぐらしい。観光スポットの大浦天主堂やオランダ坂、グラバー園が点在する東山手や南山手地域に向かうのだろう。風頭山も、北側に行けば亀山社中の記念館などがあるが、祖父の実家のあたりにはこれといった名所はない。すっかり閑散とした車内に、窓の外から楽しげな奇声が伝わってきた。その軽さを羨《うらや》みながら、胸に広がる闇を抱え込む。

最寄りの停留所で降り、二、三分道路を歩いて爪先上がりの山道に入った。自分が進んでいくというよりは、そこが自分を引き寄せているように感じる。祖父の依頼を受けたものの迷い始めていると言っていた父も、こんな気持ちで通っていたのだろうか。

少し上ると民家もなくなり、体がすっぽりと山に包まれる。立ち込める静寂を呼吸しながら、小塚の言葉を思い出した。

「山は静かだけど無音じゃないよ。たくさんの命が息づいている。動物や鳥や昆虫、植物、苔、地面の下の微生物まで皆がひっそりと呼吸していて、空中にそれらの息吹が満ちてるんだ。それって偉大な静けさだと思うよ」

空気に溶けこんでいるはずのそのざわめきを感じようとしてみる。それらが放つ力がゆっくりと皮膚から染み透ってきて、体の中で膨れていった。自分が追いやられ、浮き上がり、希薄なものになっていくような気がする。いっそこのまま四散し、無くなってしまえば結果を見ずにすむのにと思いながら足を進めた。不安の中から恐怖が頭をもたげ、その口を大きく開く。

蛇行する道を曲がったとたん、右手前方が明るくなった。目を向ければ、木々を伐採した崖の斜面に、雛壇《ひなだん》のように連なるオフホワイトのベランダが見える。祖父の実家の跡地に建ったマンションだった。足を止め、それを眺める。

色とりどりの洗濯物が靡《なび》いている様子は、国旗を掲げて進む真新しい船のようだった。随所に陰を孕《はら》んで建っていた祖父の古い家を思い出させるものは、もう欠片《かけら》もない。

その明るさに、昔の暗さを重ね合わせながら坂を上る。やがてマンションの正面に出た。かつては存在していなかった新しい道路に面しており、門はなく煉瓦《れんが》の置石と植込みで仕切られていた。低い階段が玄関ドアへと続いている。建物の壁にも植込みの中にも多数のLEDライトが取り付けられ、昼間だというのに強い輝きを放っていた。どこまでも届く硬質の光があたりを圧倒し、記憶の中にまで射し込んできて暗さを干し上げていく。あの事件が起こる前まではよく足を運んでいた裏庭もその中に埋もれ、今の建物のどのあたりに当たるのかまるでわからなかった。

流れ過ぎた時間が、空間を変えたのだ。和典が歩いた裏庭への道、そして事件が起こったあの場所も、もう存在していなかった。吹き抜ける風が一瞬、強く服を揺する。心も揺すられ、自分が当てもなく彷徨っている迷い子のように思えた。

野枝の家が昔の位置にある事は、先ほど住宅地図で確認している。だが建物は建て替えられている可能性があった。そうだとすれば、やはり今風の明るい家になっているのだろうか。あれこれと想像しながら新しい道路を横切る。再び山道に入ろうとすると、肩に誰かの手が載り、引き止められた。

振り返れば人の姿はない。肩に載っていたのは、掌《てのひら》ほどもある大型の花弁だった。緑を帯びた白色で、見回せばマンションの敷地内にある駐車場の片隅に見事な円錐形の樹が立っている。十メートルを超えるかと思われるほど高かった。黒褐色の枝の日当たりのいい部分にいくつか大きな蕾を付けており、中の一つだけが半ば開いている。そこから舞い落ちてきたのだろう。これから花期を迎えようという時期に散ってしまったのは、病気か害虫か。

肩の花びらを手に取ると、うっすらとした香りが立ち上った。それが花水木だと気づく。改めて見上げれば、その樹は午後の陽射しを浴び、ぽつねんと佇《たたず》んでいた。もしかしてあの花水木なのだろうか。近くにあったはずの銀杏や山吹がなく、あたりの様子があまりにも変わり過ぎていてはっきりとしなかった。

確かめたくてマンションの植込みを乗り越える。近寄りながら、自分が過去に向かって歩いていくのを感じた。昨日、一昨日、その前の日へとたどりながら時間を遡《さかのぼ》る。背中に当たっている太陽が熱を増し、その火を背負って花水木に近寄った。

樹の前に立ち、眺め回す。地面から一メートル余の幹の中央に、微かに傷跡が残っていた。あの樹に間違いないと感じた瞬間、目の前の景色が大きく歪《ゆが》む。胸を裂くようにして記憶が迸《ほとばし》り出た。その鮮やかさに思わず声が漏れる。

マンションは次第に色を失っていき、空気の中に交じりこんで輪郭だけになった。傾きながら消えていく。平地だった敷地が盛り上がって山になり、数々の樹々が伸びてきて枝を茂らせ、光を遮《さえぎ》る。銀杏と山吹が芽を吹き、その向こうに祖父の家らしき影が浮かび上がった。現実なのか、幻覚なのかわからないまま、息を呑んで見つめ入る。

満ちていた眩《まばゆ》いほどの光は少しずつ明度を落とし、十数年前に相応《ふさわ》しくなっていく。明治期の洋館が、屋根に触れていた栗の枝もそのままにゆっくりと姿を現わし、古いタイル壁や床材の匂いがあたりに漂った。薄暗い裏庭に続く木戸が開く。突如《とつじょ》、悲鳴と叫びが上がった。

「和典っ」

駆けつけてきた父母と、鮮血に染まる多鶴の間で何を言っていいのかわからず、ただ立っていた。

「何をしたのよ」

体が宙に浮き上がるほど強く二ノ腕を掴み上げられ、母を仰ぐ。

「私は医者なのよ」

確か、そう言っていた。その顔は朧で、はっきりと思い出せない。ただ怒っている事だけはわかった。

「こんなことをして、私がどんな立場に立たされると思ってるの」

父は、座らせた多鶴の頭にハンカチを巻いていた。そこからこちらを振り返る。いつもの父と違い、顔中に力が入っていた。

「和典を怒るんじゃないっ」

声は母の怒声よりさらに激しく、何かを叩き付けるかのようだった。

「救急車、早く」

る。母が連絡をし、到着までに時間がかかるとわかって、父が病院に運ぶという話にな
多鶴に付き添って慌《あわ》ただしく庭を出ていく二人の後ろ姿を、ぼんやりと見てい
た。とんでもない事をしでかした自分は、皆から見捨てられ、見限られたのだと感じ
ながら。これからどうやって生きていけばいいのだろう。庭は見る間に広がってい
く。広大な砂地が自分の周りを埋め尽くしていた。
遥か向こうで、父が振り返る。その目の中に自分が映っているのが見えた気がし
た。父は足早に戻ってき、腕を伸ばして和典を引き寄せる。抱きしめられて初めて、
自分が震えている事に気が付いた。
「大丈夫だ。何も考えなくていい」
その腕の強さを覚えている。こんな自分でも、父は受け止めてくれるのだと思いな
がらその胸に包まれていた。父の強い鼓動に、自分の頼りない心臓の音が重なる。こ
れまで余所《よそ》の人のように感じていた父が、実はこんなにも近くにいたのだと知った。
「お祖父さんに診てもらって、少し寝なさい」
片膝を地面に突いた父が、目の中をのぞき込む。
「この事は、心に仕舞っておけばいい。鍵をかけておくんだ」
見つめ合ったのは、その時だった。父の瞳の光が、真っ直ぐ心に射しこんできた。

「いつかきちんと向き合える時がくるから、それまで考えなくていい」

家に戻り、しばらく眠ってから病院に行き、帰ってくると母から言われた。

「もう忘れましょう。忘れるのよ、いいわね」

長い間不思議だった事がやっとわかる。母が事件に言及しようとしなかったのは、とっさに自己保身に走った自分を消したかったからだ。

「二度と口にしないで」

母の支配下にあった和典は、それに従ったのか、あるいは父の言葉通り、心に仕舞いこんで今まで鍵をかけておいたのか。

「あなた、ここの誰かを訪ねてきたとね」

声を掛けられて目を向ければ、マンションの駐輪場から若い女性が自転車を押して出てくるところだった。前と後ろのチャイルドシートに、男女の子供を乗せている。二人とも大きなヘルメットを被り、顔が隠れていた。

「私の知っとる人なら、教えてあげられるとけど」

礼を言い、敷地内から退散しながら花水木を振り仰ぐ。古い巨木だった。多くの動物や人間を俯瞰《ふかん》しながら生き永らえてきた威厳と諦観に満ちている。過去は、その幹の中に隠されていたのだろうか。今それを開いて見せたのは、時期が来たからか。

一瞬そう思ったものの、違和感が残った。心から納得できないのは、それがエビデンスに欠けているからだろう。記憶は海馬《かいば》を通り、画像、言葉、匂い、音など多種に分かれて大脳皮質に保管される。花水木の香りが大脳辺縁系を刺激し、それを呼び起こしたと考える方が自分らしく、落ち着けた。

歩き出しながら、手に入れたばかりの思い出を胸に包み込む。あの時、抱きしめてくれた父を今、自分が抱いていた。それは父が和典に最も近づき、関わり合ってくれた瞬間だった。そんな輝くような時間が、過去に確かに存在したのだ。十年以上もそれをきちんと保管していた自分の大脳皮質と、喚起させてくれた花水木に感謝する。その功労を褒め称える表彰状を作り、大声で読み上げたいくらいだった。

父がそこまで距離を詰めてくれた事があるのなら、それを根拠に、自分も同じくらい父に近づける。どうしようもなく照れてしまったらその時は、先にそうしたのは父だったという口実を振り翳《かざ》せばいいのだ。

そこから力が湧きあがり、迸《ほとばし》り出て体を満たす。腹が据《す》わり、父のしている事に向き合うだけの気力が生まれた。それは同時に、意に反した人生を歩んで没した祖父、もうその心を癒やす事も、謝る事すらできないと思っていた祖父に、もう一度関わるチャンスでもあった。

2

いっそう急になっていく坂道を上りながら、母を思う。何より自分が大切なのだ。そんな所は、今まで嫌というほど見てきた。その支配に耐えかねて反抗した事も、また母の弱さに気付いて歩み寄った事もある。いい関係を作りたかった。だが母の身勝手や支配欲は変わらず、結局、諦めるしかなかった。真面《まとも》に向き合っていたら正気でいられない。できる限り距離を取り、遠ざかっているのが正解だとの結論に、今もまた戻りながら足を運んだ。

途中、左手に生い茂っていた木々が途切れ、眺望が開ける。吹き上げる風に髪を洗わせながらその景色に見入った。砂を撒《ま》き散らしたような大小のビルと家々、それらの屋根の向こうに広がる港、腕のように海を抱く岬、鉄塔や墓石が点在する山々、遠くで輝く線路。午後の陽射しを受けてきらめく世界が目から染みこみ、息と混じり合って心に広がる。謎を潜《ひそ》ませた街を体に孕《はら》み、また上り始めた。

坂を上り切った突き当たりに山下家を見つける。古い標札は、二メートルもありそうな高い門柱に掛けられ、それ以上に高い塀が周りを取り囲んでいた。道路からは、敷地内に植えられた立木の頭しか見えない。

門柱の中ほどにテレビドアフォンがあり、そこだけが取って付けたように新しかった。セキュリティに気を配っている様子が見て取れ、何と言えば警戒されないかを考える。

自分の名前を出せば、野枝は計画が漏れたと思うだろう。すぐ父に連絡するに違いなく、そうなれば父は和典のスマートフォンにかけてくるに決まっていた。事は面倒になるばかりか、何もわからないまま強制送還という運びになりかねない。だが野枝が、名前を名乗らない人間にすんなり会うとも思えなかった。

どちらにしても綱渡りは否めない。臨機応変に話を繋《つな》ぎながら何とか面会に漕《こ》ぎ付けようと考え、ドアフォンを押した。チャイムが響き、すぐさま声がする。

「ただ今、不在です」

機械音だった。

「お名前とご用件、連絡先をどうぞ」

これでは駆け引きもできない。想定外の状況に舌打ちするものの、名前の力を頼りに道を切り開くよりなかった。

「僕は上杉と言います。この苗字を、山下野枝さんはご存じのはずです。お伺いしたい事があって東京から来ました。家族には内緒です。連絡先は」

スマートフォンの番号を告げていると、微かなシャッター音が耳に流れ込んだ。録音に加え、画像も撮るらしい。

「ご連絡をお待ちしています」

心を残しながら、やむなく引き上げかける。どこからか声がした。

「典ちゃんやろ」

思ってもみない呼びかけだった。あたりを見回す。そう呼ばれていたのは昔の事だった。それを知っている誰が、ここにいるのか。

「いやぁ懐かしいわ。待っててな、今行くから」

息を呑み、高い塀に沿って視線を這《は》わせる。出てくる場所さえ見当がつかなかった。そのまま時間が流れる。いっこうに姿は見えず、次第に苛々《いらいら》した。だがこのままでは気になって、帰るに帰れない。

「えろう待たせてしもうて」

門柱脇の低い戸口が開き、それを潜《くぐ》って茶髪の少女が現われる。

「堪忍《かんにん》な」

こちらを仰いだのは、潤んだ大きな目だった。長い前髪の影を宿し、笑みを含んでいる。祖母から聞いてイメージしていた野枝の顔にそっくりで、まさかとは思いながら一瞬、野枝本人が出てきたような気がした。

「早よう動けんから、遅うなってしもた」

よく見れば、華奢《きゃしゃ》な顎《あご》の線をどことなく覚えている。だが誰なのか判断がつかなかった。

「あれ、忘れてるんか。いややわぁ」

開いた唇から白い歯が零《こぼ》れる。光が当たったかのように顔が明るくなった。

「タズや、山下多鶴やで」

血にまみれた幼い顔が脳裏に広がり、目の前の笑顔に重なる。とっさに何と言っていいのかわからなかった。対応できず、ただ見つめる。肌の白さは相変わらずだったが、かつて高かった背は今、和典より低く、ほっそりと痩せていた。

「ああ、どうも」

ようやく口から出た自分の言葉の間抜けさに、げんなりする。もっとまし な受け答えをしたかったが、頭は疑問符で埋め尽くされており何も浮かばない。まずそこから解決しなければ先に進めそうもなかった。

「どうして、ここに」

多鶴は笑みを広げる。艶やかな表情に思わず見惚れた。

「親戚やから、よう来ててん。でもここんとこは、ずっとおるんよ。なんでか訳知りたいやろ。それはな」

言葉を切り、大切な物でも見せるかのように勿体《もったい》ぶった様子でこちらの目をのぞき込む。

「うち、ここの養女になってん」

希望の神エルピスの翼が大きく空気を打つのが聞こえた気がした。考えてみればエルピスは、パンドラの匣《はこ》に最後まで残った存在だった。匣を開ける覚悟でやってきた人間の前に現われるのは、当然だろう。

「驚いたやろ」

自分の前に露《あら》わになっていく成功への道を見つめながら、躍り上がりたい気分を噛みしめる。多鶴がこの家に入っているのなら、うまく話せば野枝との間を取り持ってくれるに違いなかった。

「ここって資産家やねん。うちは、もうお嬢や」

誇らしげに顎を上げた多鶴の両腕を摑《つか》み寄せる。

「頼みがあるんだ」

多鶴は、慌《あわ》てて身を逸《そ》らせた。

「乱暴にせんといて。うち、妊娠しとるねん」

ぶっと噴きそうになる。

「さっき言うたやろ、早よ動けんて。流産しやすいからな」

和典にその類の知識はまるでなかった。妊娠に関しての五W一Hばかりが頭を駆けめぐる。誰と、いつどこで、どういう事情で、どのように。勝手な妄想を広げていると多鶴と目が合った。何か言わなければならないと焦《あせ》る。一応、祝福すべきなのだろうが、月並みな台詞しか思い付かなかった。

「そっか。おめでと」

養女になったというのは、この家の誰かと結婚し、婚姻に伴う養子縁組をしたという事だろうか。だが祖母は野枝が未婚で、一人住まいをしていると言っていたのではなかったか。

「いつ結婚したの、相手は誰」

様子を探ろうとすると、多鶴は目を背《そむ》けた。

「さぁ、誰やろな」

半眼に開いた瞼《まぶた》の上で長い睫《まつげ》が震える。答を逸《はぐら》かしているという感じはなく、むしろ真剣だった。

「わからへんのや」

おいマジか、そう突っこみたいところを堪《こら》える。再会したばかりで、遠慮のない物言いはできなかった。それ以前を考えてみても親しい間柄ではない。差し出口は慎んだ方がよさそうだった。

「それよか、頼みって何や」

短い髪の先が頰を打つほど強くこちらを向く。活気を帯びた輝きが、重かった表情を払いのけた。

「聞いてやってもええよ、ものによるけどな。もちろん見返りはくれるんやろ」

ちゃっかりとした笑みを浮かべる。だが和典にしても、多鶴に頼って野枝との面会を取りつけようと考えていたのだから似たようなものだった。お互いに利用し合うとなれば、付け込まれないためにも先に過去の清算をしておいた方がいいだろう。

「頭に傷、残ってないか」

多鶴の表情が一瞬、止まる。見開かれた目は、いっそう大きく見えた。何か言いたげだったが、どんな言葉も漏らさないままこちらを見つめる。しばらく待ったが、そのまま動かなかった。やむなく口を切る。

「俺、おまえを殴ったろ、鉞《まさかり》でさ。ずっと気になってたんだ。今、謝っとくよ、悪かった」

下げた頭の上の方で、軽い笑いが響いた。

「とっくに忘れとったわ。典ちゃんって、案外ねちっこかったんやな」

いささかムッとしつつ、墓穴を掘ったかと心配になる。わざわざ記憶を新たにしてやったようなものだった。

「ほんで、頼み事って何やの」

話は、すらりと移っていく。ほっとしながら打ち明けた。

「野枝さんに会いたいんだ」

多鶴は顔をしかめ、薙《な》ぎ払うように首を横に振る。

「無理。最近、寝とる事が多いねん。今もや。それに」

塀の向こうに視線を投げかけ、心配そうに眉根を寄せた。

「自分の会いたい人にしか会わへん。電話なんか全然出ぇへんし、うちにも出んでぇって言っとるしな。テレビドアフォンの方は顔写真を撮っといて、時間のある時に見たり、録音の声を聞いたりして、会う気になった人にだけ連絡するんよ」

胸で火花が飛び散る。その欠片《かけら》が一瞬、明るさを増しながら記憶を照らした。父は、若い頃の祖父の写真を持ち出している。野枝の知っている祖父は、二十代までのはずだ。父は、持ってきたそれをテレビドアフォンに撮らせ、自分の身分証明書の代わりとしたのだろう。

「写真を見せたり、それに合わせて録音を再生したりするんが私の役目や。ここんとこは見たいって言わんから、やってへんけどな。養女って、まぁ世話係みたいなもんやな。遺産もらえるってとこがちごうとるだけや」

先ほどの見返り発言を思い出し、からかい半分で聞いてみる。

「財産狙いの養女か」

多鶴の目の中に一瞬、疾《やま》しそうな光が瞬いた。思いがけないジャストミートに焦《あせ》り、次の言葉を見失う。よく知りもしない相手に冗談を飛ばした軽はずみな自分を軽蔑しつつ、何とか取り繕《つくろ》いたくて話を変えようとしていると、投げ捨てるような声が響いた。

「そう見えるんなら、そやろな」

記憶にあるタズと、目の前にいる遺産目当ての妊婦の間で戸惑う。そこには十年以上の時間が深い河のように流れていた。子供の頃の十年が大人の十年と全く違うことは、ジャネの法則が証明している。時間を捉《とら》える感覚は、年齢の逆数に比例するのだ。それを数式化したフリーマンによれば、人間は十歳までにその全人生の半分以上を経験する事になっている。生涯の中でも特別に濃密な時間を含んだ期間が、昔と今の多鶴、そして和典を隔《へだ》てているのだった。

「あのなぁ」

沈黙に耐えかねたらしい多鶴が、取り成すような笑みを浮かべる。

「さっき典ちゃんが来た時、うち、庭におったんよ。誰かの声がしよったから節穴からのぞいたら、まぁびっくりしたわ。こんなに時間が経ってから会うなんて、これっぽっちも思っとらんかったし。これって運命やな、きっと」

こちらを見上げる大きな瞳に、真剣な光がきらめいていた。まぶしくて目を背《そむ》ける。

「俺、野枝さんに会いにきただけだけど。どうしても会わなきゃならないんだ。取り次いでくれないか」

耳に溜め息が流れ込んだ。

「聞いとくわ。時間ちょうだい」

3

電話番号とメールアドレスを交換して別れ、引き返しかけて気が付いた。時間をくれとは、具体的にいつまでの事なのか。それによって今夜この街に泊まるか、いったん帰るかを決めねばならない。振り返ったものの、多鶴の姿はもうなかった。

戻っていってもう一度ドアフォンを押そうかとも思ったが、メールで連絡した方が早そうだった。取りあえずコンビニを捜して昼飯にしようと考え、坂を下りながら多鶴へのメールを作る。道端に置かれたベンチに、中年女性が一人座っているのを横目で見ながらその前を通り過ぎた。瞬間、声が飛んでくる。

「ちょっと」

歩きスマホを咎《とが》められたらしかった。あわてて下に降ろし、女性に向き直る。

「すみません、止《や》めます」

赤い縁の眼鏡をかけた四、五十代の女性だった。小柄で布の帽子を被り、木綿の上着とブラウス、ギャザーの入った長いスカートという素朴な格好をしている。半ば立ち上がりかけ、膝の上に置いたパッチワークのバッグがずり落ちそうになるのを押さえていた。

「山下さんのとこに来てたんか」

下りてきた坂を振り仰げば、確かに道沿いにはどんな家もない。その先に山下家があるばかりで、私道のようなものだった。

「多鶴の学校の友達とちゃうの」

こちらに向けられた真剣な眼差は、どことなくあどけない。彫りが薄く、幅の広い顔と相まって幼い子供のように見えた。帽子から出ている縮れた髪が半ば以上も白くなかったら、もっと若く感じられたに違いない。

「多鶴の様子、最近どう」

まるで親戚の小母さんが尋ねているかのような口調だった。心安い雰囲気に巻き込まれそうになりながら、重心を踵《かかと》に移して姿勢を正す。きちんと距離を取れと自分を戒《いまし》めた。親密な空気を醸《かも》し出すのは、詐欺師の常套手段だ。そこまでいかなくても、どんな人間かわかったものではない。

「教えてくれへんかなぁ。ちょっとでいいから」

行きずりの相手に向かって個人情報を求める重大さをわかっているのかいないのか、けろりとしている。だが表情は無邪気で底意は感じられなかった。他人との垣根が低いタイプなのだろうか。

「あなたが誰なのか、聞いてもいいですか」

女性は慌《あわ》てて布のバッグを開け、中を探って名刺を取り出した。

「遅れまして。うちは、こういう者です」

一瞬、改まった口調になり、バッグを小脇に挟み込むと両手でこちらに差し出す。

紙面には、大阪市の公立高校の名前があった。養護教諭、石田道子《いしだみちこ》と印刷されている。自分が知っている養護教諭たちを思い出し、何となく納得した。

その職業に様々な養成課程があると知ったのは、自分の小学校に勤務していた養護教諭から経歴を聞いた時だった。元看護師で、国立大の専門科に一年通って免許を取ったという。その後、中学、高校でいく人かの養護教諭に出会ったが、それぞれに違う課程を経てきていた。一様に使命感が強いが、その熱のせいで俗世の価値観から遊離している事も時々ある。

「多鶴は、うちんとこの生徒で、卒業と同時に引っ越してったんやけど、どないしてるか、ずっと気になっとってな。ちょうど国の他府県交流研修がこっちであったから、足伸ばして来てみたんよ」

飾り気のない話しぶりだったが、不審感が拭《ぬぐ》えない。大阪からここまで来ていながらベンチに陣取り、通りすがりの人間を捉まえて話を聞くというのは、どう考えてもおかしかった。しかも養護教諭なら、クラスの担任はしないのではないか。生徒個人と親しくなる機会など余りないだろう。天真爛漫な雰囲気であり、嘘を言っているようには見えなかったが、本人の思い込みが事実と違っている事はありうる。以前に塾の講師が、幟《のぼり》を持って街頭に立っていた皇女和宮《かずのみや》から名刺をもらったと話していたのを思い出した。今、渡されたこれも架空の物とか、本物であっても現在は離職しているとか、あるいは他人の物という事も考えられた。

「山下家は、すぐ上ですよ。ご自分で訪ねて、確認されたらどうですか」

石田は、拗《す》ねたような目付きになった。

「そんな事、言わんといて。どうしていいんかわからんくなるわ。助けてやってよ。多鶴の事、知っとるんやろ。ちょっと話してくれるだけでいいねん」

駄々をこねる子供のようにも見えてきて、何となく愛着を覚える。もっと困らせてみたくなった。

「ただ家まで行けばいいだけじゃないですか。なんで、自分でそうしないんですか」

困惑したような答が返ってくる。

「それはもうやったんよ。本人と会って、元気なんを確かめた。そんでも、それがほんまやと思われんかったから余計心配になって帰るに帰れんのよ。あの子、昔からキャラ作りがちやったし、その頃は保健室登校の一人やったから、毎日顔合わせとったんやけど、落ちこんでる時ほど声が強くなるんよ」

抱いていた疑念が一つずつ潰れていき、石田の言葉が終わる頃には疑う気持ちはすっかり消えていた。今まで時間の川の向こうに隔《へだ》たっていた多鶴が、石田の漕ぐ船に乗って近づいてくる。ここはその申し出に応じ、代わりに多鶴について聞きこんだ方がいいだろうと思えた。

野枝が会おうとしなければ脅すしかなかったが、肝心な計画の全貌はまだ摑《つか》めていない。希薄な根拠で恫喝《どうかつ》するより、多鶴に働きかけて面会を取りつける方が穏当で、確実だった。多鶴の情報を摑《つか》んでおけば、その交渉を有利に運べるだろう。

「わかりました、ご協力します。でも僕は、多鶴さんの学校の生徒じゃないんです」

石田の顔は明るくなったり暗くなったりする。スマートフォンの電源ボタンを入れたり切ったりしているかのようだった。同校生でもないというのにいったいどんな話ができるのか不可解に思っているらしく、食い入るようにこちらを見つめてくる。

「多鶴さんとは幼稚園の頃の知り合いで、上杉と言います。今朝、東京から着いたばかりです。さっき久しぶりに会ったんですが」

石田が多鶴の通っていた高校の誰かか、その後の知り合いと連絡を取っていれば、近況はわかるだろう。それをこちらに聞いているのだから、繋がりがないか、あっても薄いのだ。だが今後はどう動くかわからなかった。ここで入手した情報を流す可能性もある。その場合でも、多鶴の立場が悪くならないよう用心して話さなければならなかった。うまく誤魔化しながら進めるしかない。

「余り時間が取れず、ゆっくり話せませんでした。この後、もう一度会う事になっていますので、その時、あなたがお知りになりたい事を聞いてきます。それでいいですか」

石田は、安心したような笑みを浮かべた。すかさず畳《たた》みかける。

「では僕に予備知識をください。あなたの高校にいた頃の多鶴さんについて知っておきたいんです。その方がうまく話を運べますから」

頷いた石田は、自分の後ろのベンチに視線を流す。

「ほな、座って話そか」

二人で並んで腰を掛けた。石田は帽子を取り、無造作にバッグに突っこむ。髪が綿菓子のように空中に広がった。風に吹かれた毛先が和典の方に靡《なび》き、頬のそばでちらつく。触れはしないものの、見ているだけでくすぐったかった。

「養護教諭やっとると時々、気になってたまらん子に出おうてな、多鶴はその一人や。母子家庭で、小学校卒業までは二歳違いの姉との三人暮らしやったらしい。母親が病弱で、生活保護受けてたんよ。その母親が再婚してな、それはよかったんやけど、その後、一年も経たずに亡くなったんや」

自分の身の上を重ねてみる。まだ経験した事もない母の死を、立ち竦《すく》むような思いで想像した。

それは母の支配が完全に終わる時であり、同じ事はもう二度と繰り返されないと知る一瞬だった。自分はその時、何を思うのだろう。自由を満喫するのか。それとも自由過ぎる時間に胸を突かれるのか。自分の力でそれを獲得できなかった事に無念さを感じるのかも知れなかった。

「それがちょうど高校の入学式当日でな。その時初めて、うちは多鶴とおうたんよ。それから二年も経たんうちに今度は父親が再婚しよった。相手は、通っとったパブの外国人や。家に連れ込んだんが、そのまま居ついとるって話やった。それはそれでええかもしれん。やっと父親と母親が揃《そろ》った訳やからな。ところがその内、どうも様子がおかしくなってな。つまり一つ家に夫婦と、血の繋がっとらん娘二人がおるって事やろ。二人を食わしていかなならんのがおもろうなくなったらしくて、ネグレクトや。姉の方は早々に男作って家出したんやけど、残った多鶴は一人で標的になってな。学用品も買ってもらえん、風呂も使わしてもらえん、飯も食わしてもらえんで、学校で臭い言われて教室に入れんくなってん。保健室で洗ってやったり、うちの作った弁当食べさしたりしとったんよ。怪我の手当てしたりな」

言葉に窮《きゅう》し、ただ前を向いてその家に通じる坂道を見ていた。先ほどの多鶴の顔が脳裏に浮かぶ。あの艶やかな笑みの奥にそんな辛さを抱えていたとは思いもしなかった。

「高校卒業まで我慢させるより今すぐ家を出るよう勧めた方がええんやないか、あるいは児相に持ち込もうか、けどあっちも手一杯で命の危険が迫ってないとすぐ対応してくれへんしなぁ、あれこれ迷うとうたら本人が、親戚筋から養女の話があるんやけど、って相談にきたんや。先方は大した資産家で、九十を超えた婆さんが一人で暮らしとるって。それなら家庭内で人間関係が縺《もつ》れる事もないやろし、今よりずっとましやと思うて賛成したんよ。で、卒業した後、引っ越してって、それっきりや」

言葉を切り、深々とした息をつく。

「まぁ保健室登校の子は、大抵そうやけど。卒業すると、自分の記憶から保健室時代を消すんよ」

辛い時代を支えてもらったというのに、それはないだろうと思ったのが顔に出たらしかった。石田は往《い》なすような笑みを浮かべる。

「それでええんやて。過去は忘れればええ。本人が前向きに生きようとしてる証拠や」

溢れる優しさが微笑みを彩った。

「スマホのアドレスも聞いてるけど、こっちからは連絡せぇへん。困れば向こうからくるやろうし、そん時、助けてやればええ思うとる。幸せな時は、うちの出番はなしや」

上がった笑い声はあたりの樹々に吸い込まれ、消えていく。やがて静まり返り、石田は笑顔を失いながら空中に視線を投げた。

「それでも多鶴に限って、何かえろう気になってな。先方に聞いてみよか、いや教師が連絡すると、いかにも問題を抱えとる子みたいな印象を与えかねん、本人にかけよか、けどうまくいっとるんなら、いらん節介や、あれこれ思っとったところに、この長崎出張が入ったから、ここまで来てみたんよ。けど会ったら会ったで、さっき言うた通り、心配で帰れんくなってしもうて」

道に迷ったかのように心細そうな様子は、どことなく可愛らしかった。

「そんでも上杉はんが坂を下りてくるんを見た時にゃ、しめたと思うたわな。こりゃ昔の知り合いや、地獄に仏、事情知っとるに違いないって」

その目に、強《したた》かな光が瞬く。表情の奥から野太さが浮かび上がってきて、それまで顔を覆《おお》っていた無心で純朴な感じと入り交じった。

「どうせまだ十代やし、聞いてみれば簡単にしゃべるやろ思うてな」

甘く見られていたらしい。考えてみれば、高校生を扱いなれている養護教諭だった。御《ぎょ》するのは、お手の物なのだろう。すっかり打ち解けていた自分をあわてて引き締め、遠ざける。

「あ、気ぃ悪くしたか。勘忍して。悪気はないんよ」

目を糸のようにして微笑みかけられ、またも心が緩《ゆる》んだ。苦笑するしかない。適度な距離を取る事の難しさを嚙みしめながら連絡先を聞き、こちらの番号とアドレスを伝えた。

「多鶴と会って様子がわかったら、報告します」

石田は両手を伸ばし、和典の手を握りしめる。

「ありがとう。多鶴はしっかりしとるように見えるけど、まだ二十一や。うちから見れば、ほんの子供やからなぁ。よろしくお頼みします」

役に立てるといいと思った。

4

石田を見送り、そのベンチに残って先ほど途中になっていたメールを作る。多鶴に送信し、立ち上がろうとしたとたん、スマートフォンが鳴り出した。素早すぎる反応に、マジかと思いながら開けて見れば、電話をかけてきていたのは黒木だった。

「おまえって、ボクサーパンツ穿《は》いてんの」

若武と違い、黒木は唐突なタイプではない。だがシニカルで、とんでもない所から話を始める事も多かった。

「熱がこもるから、精子の質が悪くなりやすいって研究がある。あと射精しない時間が長いほど、傷付いたDNAを持つ精子が多くなるって報告もあるぜ」

行き着く先を模索しながら、乗ってみる。

「それ、どこの科学誌に発表されてんの。ネイチャー、それともサイエンスか」

笑いを含んだ声が答えた。

「ゲルマニアだ」

思わず背中に力が入る。

「翻訳できたのか。超速ぇじゃん」

多鶴の説得に失敗し、かつ野枝が面会を拒んだ場合はそれをもって脅すしかなく、いわば最終兵器だった。その入手が思いもかけず早くなり、幸先《さいさき》の良さを感じる。流れる時間が一気に加速し、自分を勝利へと運んでいくような気がした。

「面白くてあっという間に読み終えたらしい。内容は、当時の最先端の遺伝子研究だ」

遺伝子に関しては、二十一世紀に入っての進歩が著しかった。第二次大戦当時の最先端では、もう価値はないだろうと考えながら、父の言葉を思い出す。「今じゃもう歴史的価値しかないけど」

それを聞いた時から、右往左往しながらやっとここまでたどり着いた自分に満足しながら、高揚した気分で黒木を促《うなが》した。

「具体的には」

黒木のスマートフォンが、マウスの音を拾う。翻訳はパソコンに送られてきているらしかった。

「んっと、ひと口で言えば、ゲノム編集だね」

思わず口笛を吹く。ゲノム編集は人工の核酸分解酵素を使い、遺伝子を変える技術だった。その方法は、使う酵素の名前で呼ばれている。TALEN、Platinum TALENなどがあり、それらの最初は一九九〇年代後半のZFNとされていた。それより四十五年以上も早くそこに着目し、研究していた科学者に舌を巻く。

「ナチスは、アーリア人の金髪碧眼に拘《こだわ》りを持っていた。遺伝学の専門機関だったベルリンの人類学・人類遺伝学・優生学研究所と連携していたアーネンエルベ特別委員会で、その研究が進行していたとしても不思議じゃない。敗戦時にすべての書類が焼却されたせいで、確認されてないだけだ」

機関誌の一部は、日独同盟時代に野枝の手に渡り、野枝はそのコピーを祖父に送った。それに応じて祖父は送金を続けてきたのだ。手紙や電話のやり取りもあったというから、助言や提案もしていたのだろう。二人は、遺伝子操作に関わっていたのか。

「この資料を基にして、改良したり発展させたりしてゲノム編集を研究、独自の技術の開発に邁進してたってとこだろうね」

長年、医学で世界をリードしてきたドイツの粋《すい》を集めた研究報告書なら精度が高いだろうし、野枝の優秀さは優秀児童家系調査で証明されている。本人は医師でもあった。祖父も頭脳明晰だろう。だがいくら基本資料があり、二人が優れていたとしても民間レベルでそんな事ができるのだろうか。

「ゲノム編集って、個人でできんの。大学の研究室レベルじゃね」

わかってないねと言わんばかりの笑い声が耳に届く。

「ゲノム編集のハードルは、元々そんな高くないよ。今は特に低くなってて、技術はネットで公開されてるし、器具や薬品も通販で手に入る。アメリカじゃ、研究の現場は大学の実験室から個人のガレージに移ったって言われてるくらいだ。当時でも、能力と金さえあれば個人で可能だったんじゃないかな。成功すればノーベル賞ものだから、熱も入っただろうしさ」

輝かしい賞の名前が、頭に浮かんだ祖父の顔を照らす。そこに広がっていた深い陰の隅々にまで光が行きわたり、祖父の表情は全く違うものになった。この研究を成功させれば、乾燥BCGワクチンを開発した柳沢博士を超える存在になれる、祖父はそう思ったのかも知れない。もしそうだとしたら、これは人生を曲げられた祖父の復讐とも言えるものだったのではないか。

不当な運命にただじっと耐えてきたかに見えていた祖父が、実は渾身の反撃を試みようとしていたのだと考えると、血が湧きかえるような気持ちになった。大声でエールを送りたくなる。

「ところがZFNやTALENに先を越され、遂にはクリスパー・キャス9が登場して、止めを刺されたってとこだろう。今年になってからは、100Xも発表されたしね」

リターンマッチにも敗れたのだ。力を振り絞った結果がそれだったのだと思うと、居たたまれないほど切ない。

今からでも応援できないだろうか。自分が続きを受け継いでもいいと意気込みながら、急に疑問を抱く。送金はクリスパー・キャス9が開発、発表された二〇一三年以降も続いていた。決定的に先行され、打撃を受けながら祖父は諦《あきら》めなかったのか、それとも何か別の要因が絡《から》んでいるのか、あるいはこの推理自体が間違っているのか。すべてを知っているはずの水木が、ギリギリだと言っていたのを思い出す。法律に照らせば、何かわかってくるだろうか。

「今の日本で、ゲノム編集って法的にどうなの」

黒木は黙りこみ、頻《しき》りにマウスの音をさせた。現状を検索していたらしく、やがて答が返ってくる。

「まぁ野放し状態ってとこかな。政府見解では、ゲノム編集した受精卵での出産は認めないとしてるし、厚生労働省は受精卵の編集自体を禁止してるけど、今のところガイドラインレベルに留まってて法的縛りはない。医療行為としてのゲノム編集は、規制してないしね。昨年、国が受精卵のゲノム編集の妥当性を審査する委員会を立ち上げてるけど、これは初っ端から国の方針と対立し、たった一週間で解散しちまった。その後、法律作りの議論は進んでない。けど日本は世界有数の生殖補助医療大国だから、早急に法整備をせざるをえなくなると思うよ」

ほぼ水上の言葉に合致していた。野枝と祖父が遺伝子操作をしていたのは間違いないと思ってもいいだろう。では父は、それにどう関係しているのか。遺伝子を切り張りしていたとしても、シャツに血痕が付くことはない。

「昨年ネイチャーに発表された論文の中に、キャス9を使うと、その付近にある塩基部分の配列が消えたり、他の配列が組みこまれたりするって事例があった。ゲノム編集自体がまだ実用レベルじゃないという証明みたいなもんさ。その後、撤回されたが、異論は多い。法的野放しはまずいだろ」

同意し、いくつか話をしてから電話を切った。後は多鶴を説得し、野枝に会って本人の口から聞けばいい。今のところ法的にセーフなら、モラルで責めるしかないだろう。脅し文句を考えていると、スマートフォンが再び鳴り出す。

「典ちゃん、ええ話や」

今度こそ多鶴だった。

「野枝さん、すぐ会うって言ってんで」

腰が浮き上がる。

「うちが典ちゃんの写真見せたら、えろぅ驚きはってな、まだ何も話しとらんうちから、すぐ連れてこいって」

野枝は、若い祖父しか知らない。おそらく面差しが似ていたのだろう。片手で自分の頬を撫《な》でながら、道を切り開いてくれた遺伝子に感謝する。

「そんでも、またすぐ溶けるように寝てしまいよった。しょうもないとか言わんといてや、歳やからな。とにかく起きたらすぐ会わせるから、家まで来といてや」

先ほど訪ねた時も、確か野枝は寝ていたのではなかったか。

「野枝さん、どっか悪いの」

即答はなく、しばらくして諦めたような声がした。

「そりゃ九十も超えてかなりになるさかいな、色々あるって。まぁメインは、急性のパーキンソン病やな」

大脳の中心部に故障が起き、神経伝達物質ドーパミンが減少する病気だった。体が震えたり、筋肉が固縮したり、自律神経の障害が現れたりする。治療方法は確立されておらず、現状では投薬の量を増やしながら対処するしかなかった。だがそれにも限界がある。進行は普通の場合ゆっくりだが、急性となるとそうもいかないだろう。

「頭ははっきりしとるんやけど、手が震えよるし、筋肉が思うように動かんで誤嚥《ごえん》も多くて、よく肺炎起こしよる。昨日もそれで吸引してん。いつも看護師が側に付いてるんよ」

誤嚥はいつ起きるか予測不能だった。いったん起きれば、死に直結する。早急に面会した方がいいだろうと思えた。

「すぐ行く」

5

ドアフォンを押すと、画面に現われた多鶴がオートロックを解除してくれた。背の高い門扉が小刻みに振動しながら開いていく。厳重なセキュリティは、ここで行われている遺伝子操作を隠すためか。

「真っ直ぐ進んだら、玄関に突き当たるから」

門扉の向こうに現われたのは、緩《ゆる》やかに傾斜した小路と、それを左右から囲む桜の並木だった。正面奥には、古い洋館が見える。樹々はどれも人間の背丈の倍ほどもありそうで、節くれた枝をうねらせ、そこかしこにピンクの蕾《つぼみ》を付けていた。枝の間から射す陽が、和典の全身にその色を染め付ける。

花開く時を待ちながら風に戦《そよ》ぎ、ざわめく蕾は、祖父の葬儀に集まっていた人々のささめきを思い出させた。近寄るにつれて全貌を露《あら》わにする古い洋館は、その斎場のようでも、またネットに載っていた伝染病研究所や公衆衛生院のようでもある。和典は今それに向かっていくのだった、その中にある密室を開けるために。祖父の死を悲しめなかった心から漂い出ていった魂が再び舞い戻り、勇み立つ胸にカチリと嵌《はま》りこんだ。

天窓を掲げた玄関前まで歩きつめ、ドアに付いているノッカーを鳴らす。見上げれば、煉瓦《れんが》の壁や外付けの装飾柱には蔦が絡《から》まり、所々に亀裂が走っていた。ここが父や祖父を捜す旅の到達点だった。自分はいったい何にたどり着くのだろう。

「どうぞ」

ドアを開けて多鶴が顔を出し、唇の前に人差し指を立てる。

「看護師に、目が覚めたら教えてくれるよう言うてある。ちょっと待ってや」

身を引く多鶴の後に続き、家の中に入った。玄関ホールから階上に延びている螺旋《らせん》階段の重厚な木彫り装飾を見上げながら、寄木細工の薄暗い廊下を歩く。そこかしこに湿った空気が溜まっていた。

先をいく多鶴は髪を後頭部に上げ、一つに纏《まと》めている。剝《む》き出しになったほっそりとした首は磁器のように白く、華奢な肩と相まっていかにも頼りなげだった。不幸に痛めつけられたその心がこの家で癒やされるならどんなにいいだろう。そのために自分にできる事があれば、協力してやりたいと思った。

「お茶でも、どう」

多鶴が開けた部屋のドアから光が溢《あふ》れ出し、斜めに廊下を照らす。入ってみれば、芝生の庭に突き出した半円形の小部屋で、三方の窓から陽射しが差し込んでいた。壁には緑色の絹布が張られ、窓ガラスは昔のものらしく端の方が波打っている。

「元は、シガールームやねん。玄関に近くて便利やから、よう使こうとる」

多鶴は、漆塗りの丸テーブルの周りにある同色の椅子を指す。

「そこ、座って」

艶のある木の椅子に和典が腰を下ろすのを確かめてから、壁際の小テーブルに置かれていた茶櫃《ちゃびつ》を開けた。茶器と菓子皿を取り上げ、脇の冷蔵庫からカステラと書かれた箱を出す。

「長崎やったら、やっぱこれやろ」

濃い卵黄色で、きっちりとした長方形の一切れを菓子皿に移し、その上に屈みこんだ。恐ろしく慎重な手付きと真剣な眼差で、付いていた薄紙を剝《は》がす。

「急ぐと、焼き目が紙にくっ付いて取れよるねん」

一切れ目は成功したが、二切れ目はやり損ね、カステラは屋根を取られた家のようになった。

「ああ切ないわぁ。一番香ばしいとこやのに」

思わず笑う。

「付いてる方、食っていいよ。俺、メラノイジンに拘《こだわ》りないし」

多鶴は手を止め、頰を歪《ゆが》めてこちらを見た。

「は。今、何て言うたん」

呆気《あっけ》にとられたような顔は、ひどく幼く見えた。そこから昔の面影が漂い出す。懐かしく思いながら説明した。

「糖分とアミノ化合物を加熱するとメイラード反応が起こって、褐色の高分子化合物が生じる。それがメラノイジンで、今剝がれたその部分の事」

表情を止めていた多鶴が、急に笑い出す。

「典ちゃんは、やっぱ普通の子やないわな。覚えてるか、うちになんて言うたのか。

それでうちは、典ちゃんと餅搗《もちつ》きする気になったんやで」

別の思い出と取り違えているのではないか。そんな気がしてくるほど記憶になかった。餅搗きは、多鶴が唐突に言い出した事ではなかったのか。

「うちは近所の子と一緒やったけど、そん中で一人浮いてたんや。皆、家族がおって幸せそうな話ばっかしとんのに、うちだけが母さんしかおらんかったからな。典ちゃんちの庭に入って遊んどった時、うちが一人離れとったから、典ちゃん気にして、訳を聞いてくれよったんよ。皆が幸せそうでくやしい言うたら、典ちゃん不思議そうな顔しよってな、俺なら、幸せそうな奴ら見てたら自分も幸せな気分になるけどなって言いよった。そん時は、そんなんあるかって思ったけど、よう考えたら、見てるんは同じもんやろ、そんでくやしがって不愉快になっとるより、幸せ味わっとる方がどんなに得かわからへん。そんで典ちゃんの事、見直したんよ」

もしそんなふうに言ったとしたら、寂しそうに見えた多鶴を慰めたかったか、あるいは気を惹きたかったのだろう。一見して目立つ、かわいい子だった。

「せやから典ちゃんと餅搗《もちつ》きしたくなってん。餅搗きは夫婦でするもんやって思ってたからな。杵を持つのは父さんで、返すのは母さん。うち、典ちゃんとそうしてみたかったんよ。もっと仲ようなりたくって」

狭い部屋の中に、昔の時間が流れ出す。多鶴は入れた緑茶をカステラと一緒に盆に置くと、ゆっくりと歩み寄ってきた。丁寧《ていねい》な手つきでそれを配り、盆を返してから和典の正面に置かれていた椅子に座る。

「それが逆にあんな事になって、典ちゃんから突き放された気分やった。やっぱあかん、近づけんのや思うて。初めからそんな気はしとった。典ちゃんは都会の子で、言葉もきれいやったし、ええカッコもしとった。家も、ごっつう大きいし。うちとは違う世界に住んどるぼんぼんやて思っとったからな」

あの頃の自分は、多鶴の目にそう映っていたのかと思い返す。自分のものではない視点から当時を振り返るのは、ジオラマを見るかのようで新鮮だった。

「とっくに忘れたなんて、嘘や」

多鶴は伏せていた睫毛《まつげ》を上げ、大きな目をこちらに向ける。

「典ちゃんを忘れた事なんて一度もない。ねちっこいのは、うちやな」

潤んだ瞳が揺れ、壁にかかった振り子時計の規則正しい音がひと際高くなった。狭い部屋の中に響き渡る。息が詰まるような気がして視線を逸《そ》らせた。窓の向こうに広がる庭で、何かが太陽の光を跳ね返す。よく見れば坂になっている芝生の端に、様々な形をした三十センチから四十センチほどの高さの石が並んでいた。

「あれ、何」

多鶴は、軽く笑う。

「お墓や」

事もなげに言い、石に沿って視線を移動させながら片手で自分の腹部を撫でた。

「うちが産んでん」

思わず聞き返しそうになり、自分の慌《あわ》て振りに内心、舌打ちする。多鶴の声はちゃんと耳に届いているのだから、何度聞いても同じだろう。知りたいのは別の事なのだ。

「皆、風になってしもうたんや」

庭に複数の墓があり、その全部が多鶴の子供で、何の拘泥《こうでい》もなくあっけらかんとそれを語る。どれを取っても尋常ではなかった。

「そんでも今度こそ、ちゃんと産むで」

話は普通に進んでいくが、その根底自体が理解不能でついていけない。気持ちを整理しようと焦《あせ》るものの混乱はひどくなるばかりだった。思考が四方八方に飛び散っていく。ネグレクトが原因で精神を病んだのだろうか。あるいは振り下ろされた鉞の傷の後遺症か。石田が多鶴を気にかけていたのは、こういう所がある事に気付いていたせいか。いやこの話自体が妄想で、あれはただの庭石なのかも知れない。

「この家はな、死者の風に包まれてるねん」

冷たい手に背中を撫でられているような気がした。古い洋館に立ちこめる独特の臭いが鼻に付き始める。次第にそれが強くなり、体がその中に包み込まれた。見えない所で得体の知れない何かが蠢《うごめ》いているかに思え、心がざわつく。

「風って、見えへんやろ」

多鶴の目は、庭の向こうにひっそりと並ぶ石を映していた。今度はどんな奇異な事を言い出すのだろうと恐れながらその横顔を見る。

「風があるってわかるのは、そばの何かが揺れるからや。死んだ子らは今も、うちの心を揺らしとる。そやから、風になってこのあたりにいるんやって思うんよ」

意外にも、真っ当な言葉だった。聡明さすら漂う。わずかに安心しつつ、とにかく落ち着こうとして姿勢を正し、両手の指を組んでテーブルに置いた。

いつもの自分に戻るために目をつぶり、円周率を少数点以下五百桁まで脳裏に並べ立てる。一秒に三つずつ数えていけば、三分もかからなかった。数字が心に満ちていき、その秩序に取り囲まれて大きな息をつく。0から9までの数はどこまでも明快で、それぞれが自分の役割を果たしていた。どれかが多くなることも、少なくなる事もなく平等で、整然として美しい。

「どないしたん」

ゆっくりと目を開け、現実に戻る。

「さっきも聞いたけど、結婚してるの」

多鶴は視線を伏せた。

「してへん」

自分の表情が硬くなるのを感じながら身を乗り出す。養女になる事を選択したのは、過酷な家庭から抜け出し、幸せになるためではなかったのか。

「結婚もせずに子供産んでるって、どういう事」

責めるような口調になった。そんな権利はないとわかっていたが、勢いを止められない。

「相手は一人か。そいつ、子供について何て言ってるの」

多鶴はこちらを向き、ふっと笑みを含んだ。

「典ちゃん、うちのこと気になるん」

目の中で、甘やかな光が瞬く。

「ひょっとして、うちに気ぃあるんか」

そういう方向にしか考えが向かないのはアホの証拠だと言いたい気持ちを抑え、頭を冷やそうとして身を引いた。椅子の中に体を収めながら多鶴をにらむ。

「そんな顔しても、あかん。騙《だま》されへん。な、気ぃあるんやろ」

一心に見つめられ、吸いこまれそうだと言っていた祖母の言葉を思い出した。蠱惑《こわく》的な眼差は、山下家の血なのだろう。引きこまれまいとして大きく咳払いをし、多鶴の広げる雰囲気を突き崩して話を戻す。

「高校卒業して、今は無職か。大学は行ってないの」

多鶴はしかたなさそうに頷き、頬にかかった髪を小指で払った。

「せやけど、ここの養女になってんから将来は安泰や。家屋敷だけでも億の資産ゆう話やからな。大学行って就職するよりよっぽど割りがいいねん」

強気な感じのする微笑みは、上澄みのように軽い。賛同できず黙り込んでいると、言い訳めいた声が聞こえた。

「どうせ、うちの生まれた家じゃ家庭教師や塾の費用なんか出せへんかったし、そしたら、いい大学にも行けへんやろ。そんで、いいとこにも就職できへん」

通り一遍の理屈で、詭弁《きべん》に近かった。学校に行く目的は、大学入学や就職のためだけではない。負の連鎖が存在する事は否定しないが、和典の学校にも塾や家庭教師に頼らず授業だけでやっている生徒はゼロではなかった。要は与えられた環境の中で自分を鼓舞できるか、やる気を引き出せるか、負の条件に足を取られず新しい世界に飛び出すだけの力を蓄えられるかどうかなのだ。楽な道を選ぶか、あるいはそれを潔しとしないか、気質の問題もあるだろう。

それにしても野枝は、結婚もせず学校にも行かずに妊娠を繰り返している多鶴を、よく養女にしたものだ。あるいは逆で、養女になってからそうなったのだろうか。いずれにせよ心配だった。

「野枝さんは、何て言ってるの」

多鶴は鼻で笑う。

「何も言わへん」

そんなはずはなく、話を逸《はぐら》かしているとしか思えなかった。怒りを含んで黙りこむ。多鶴はすぐそれに気付いた。

「あ、怒りよった。結構、癇性《かんしょう》やな。言うとくけど、妊娠と出産は養女の条件なんやで」

言葉の意味を測りかねる。面食らっていると、多鶴は溜め息をついた。

「まぁ自分で選んだ道や。よう考えた挙句やしな。こんで上出来や思うとるわ」

とにかく事情を知ろうとして切りこむ機会を狙う。

「自分が産んだんなら、誰の子でも可愛いやろうし、野枝さんも可愛がってくれるに決まっとるしな」

父親のわからない子供をかわいがる理由が、野枝にはあるのか。そこから突っこもうとし、口を開きかけた瞬間、階上で足音が起こった。けたたましく階段を走り降りてくる。多鶴が立ち上がった。

「どないしたん」

ドアから白衣を着た若い女性が顔を出す。

「野枝さんの呼吸がおかしいんです」

付き添っているという看護師らしかった。

「今、先生を呼びましたので門を開けておいてください」

叫ぶなり、再び階上に駆け上がっていく。慌《あわ》ただしく出ていく多鶴を見送りながら、今聞かなければ間に合わなくなるかも知れないという思いに囚われた。あわてて部屋から飛び出す。

階段を二段飛ばしで上がっていくと、暗く古い廊下に沿っていくつもの部屋が並んでいた。端からドアを開けていく。いくつ目かを開けたとたん、中にいた人間と目が合った。胸を突かれる。よく見れば、ドアの正面に置かれた机に肖像画が載っているのだった。

軍服を着た青年で、まだ若い。多鶴によく似た潤んだ目を、真っ直ぐこちらに向けていた。誰だろうと思いながら、時を止めているかのようなその部屋に目を奪われる。

天井の梁には彩色が施され、壁は艶のある赤褐色の板で覆《おお》われていた。床には細やかな模様を織り出した絨緞が敷かれている。浮き彫りで飾られた暖炉の中に金の薪置台と陶器の薪があり、その上には止まった置時計がひっそりと載っていた。

部屋の中央に大きな椅子が一脚、バルコニーの付いた窓に向かって置かれている。背凭《もた》れと肘置きのある木の椅子で、座る部分には綴れ織りが張られ、それが僅《わず》かに窪んでいた。今にも誰かが戻ってきて、そこに腰を下ろしそうな気配が漂っている。あるいは見えない誰かが既に座っているように思えなくもなかった。

背後から空気の漏れるような音が響いてくる。我に返り、それを追って廊下に出た。厚い両開きの扉の片方が開いている部屋を見つける。窓際にある天蓋の付いたベッドの脇に、さっきの看護師が跪《ひざまず》いていた。

「入っていいですか」

許可を取り、点滴や心電図モニターを避けて看護師と反対側のベッドサイドに回る。薄緑の酸素マスクをつけた老女が横たわっていた。髪は乱れて白く、頬骨の突き出した顔には色がない。目は閉じていたが、和典の体が空気を動かしたのを感じてか、ふっとこちらを見た。白濁した目だった。

「野枝さんですか」

跪《ひざまず》いている看護師が頷く。黙ったままこちらを見上げる老女は、祖母から聞いていた野枝の印象とはまるで違っていた。祖母が見たその時から幾多の歳月が流れている。その波に洗われた野枝は、皮膚を纏《まと》った死体のようにも、また細々と呼吸している命そのもののようにも見えた。

こんな状態なのに聞いてもいいものだろうか。迷いつつ、野枝自身が面会を望んだ事を考えて自分の免責とする。聞くなら今しかなかった。

「僕は上杉和典です。教えてください、祖父とあなたは何をやっていたんですか」

皺に囲まれた二つの目の中で、わずかな光が瞬く。それが、何かを求めているかのように思われた。人が決して人に与える事のできない何か、生命とか時間とか、そんなものを強く欲している眼差だった。餓《かつ》えるようなその激しさに打たれ、今まで抱えてきた疑問が干上がり、委縮して取るに足らないものにまで凝り固まっていくのを感じる。自分の内に起こった変化に息が詰まった。野枝の手が動き、枯れ枝のような指が差し伸べられて空を掻く。

「野枝さんは」

看護師が、こちらを振り仰いだ。

「あなたの今の位置じゃ、よく見えないのよ。近くで顔を見せてあげて」

歩み寄り、膝を折ってベッドの上に屈みこむ。薄皮を張ったような野枝の目が、はっきりと和典を捉《とら》えた。瞬時に震え、大きく揺らぎ出す。その底から、何かを懐かしむような静けさが浮かび上がってきた。次第に色濃くなり、眼差を満たしていく。それは安らぎに似ていた。空中にあった片手がぎこちなく動き、和典の頭に被《かぶ》さる。枯葉が舞い落ちたかと思われるほどに軽かった。藻《もが》くように位置を変えながら、頭の上で蠢《うごめ》く。何をしているのかわからず、説明を求めて看護師に目を向けた。

「撫《な》でているのよ」

視線を移せば、野枝の目にはうっすらと涙が滲《にじ》んでいた。

「野枝さん、誰の頭を撫でているの」

眼尻から涙が零《こぼ》れ落ちる。

「誰に会えたの」

乾いた唇が戦《おのの》くように開いた。言葉は出てこない。

「野枝さん、うれしいのね。よかったね」

野枝がかすかに頷くかに見えたその時、ドアから医師が姿を見せた。後ろに下がった看護師と入れ替わりにベッドに寄る。脈を取り、開いたままの目にペンライトの光を当てると、自分の腕時計を見た。

「ご臨終です」

6

医師は出ていき、看護師が両手で涙を拭いながら立ち上がる。

「死後処置をします。席を外してください」

ドアから外に出ると、そこに多鶴がいた。開け放された扉に縋《すが》りつくようにして立っている。

「死んだん」

震えている視線に、頷いた。

「ん」

なぜもっと追究しなかったのだろう。もう取り返しがつかない。祖父が死に、今、野枝が死んで、真実は永遠に闇に埋もれてしまったのだ。自分を責めながら強弁めいた言い訳を思いつく。もし執拗に迫っていたとしても、きっと同じだったろう。あの様子では、答えるだけの体力も時間もなかったはずだ。

「今、お浄《きよ》めをしてるところだから、終わったら会えるよ」

本当のところは、野枝の放つ我武者羅な欲求に打たれ、それを乗り越えて自分の疑問を突き付ける事ができなかったのだ。怯《ひる》まずにいられなかった。

「じゃもう全財産は、うちのもんやね」

多鶴の顔で、歪《いびつ》な喜びと不安が鬩《せめ》ぎ合っている。どう見ても、幸せそうではなかった。

「おまえ、養女になったのは、幸せになりたかったからだろ」

潤んだその目が縮み上がる。

「大学に行けよ。自分の幅が広がるからさ。今とは違う、別の考え方ができるようになる。野枝さんは死んだんだ。その財産もらえば、働かなくたって食ってけるじゃん。妊娠してても子連れでも勉強する事はできるし」

細い肩に両手を載せ、身を屈めてその顔をのぞきこむ。瞬間、かつてそうして気持ちを落ち着かせてくれた父が、今の自分に重なった。

「大抵の私学は、財政難だ。野枝さんの遺産を投入すれば、確実に門は開く」

あの裏庭があたりに広がる。父が肯定してくれているように感じ、声に力が入った。

「色んな勉強して、経験もして、自分らしく生きろよ。その方がいいって。何なら養子縁組、解消したらどう。構やしねーって、野枝さんはもう死んでるんだし」

多鶴の頰に、ふっと明るさが灯る。

「やっぱ普通やないな、典ちゃんは」

小塚と一緒に蟬の脱皮を見た時の事を思い出した。乾いた殻の背中が裂け、青白いぬるっとしたものが姿を現わしたかと思うと、その体に走るように茶色の液体が流れ始め、端の方から蟬の色に変っていった。同じような素早さで、今、多鶴の顔に生き生きとした晴れやかさが広がる。やがて蟬はどこもかしこも硬そうになり、薄緑だった目を一番最後に漆黒に変えて羽ばたき、飛び立っていった。多鶴も飛び立てるだろうか。

「超頭いいけど、どっかズルっこくて、何か変」

おかしそうに笑い、直後に真顔になった。

「なぁ典ちゃん、うちと結婚せぇへん」

まるでちょっとした物でも借りるかのような言い方だった。変なのはおまえだと喉まで出かかる。

「金ならあるで、財産もらうし」

答を催促する眼差を、にらみ返した。

「俺は、人生は売らん」

多鶴は恨めし気に唇を突き出し、自分の腹を撫でる。

「父親おらんこの子、かわいそうや」

それは承知の上で、そういう選択をしたんじゃないのかと問い質したかった。だが今更、そこを突いてみても始まらない。そんな事を言い出すところを見れば、この妊娠は刹那的なものだったのだろう。それがあの墓の数だけ重なっているのかと考えると放っておけない気もしたが、だからといってここで突然、人生を重ねる所まで踏み込めるはずもない。

「典ちゃんかて、何も知らんと生まれてくる子がかわいそうや思うやろ」

様子を窺《うかが》うようにこちらに視線を流す。潤んだ二つの目がゆっくりと揺らめいた。

「なんとかしたろって思わへんか」

搦《から》め捕られそうになり、焦《あせ》って目を背ける。

「俺には関係ない」

密やかな声が耳に忍びこんだ。

「えらい意地悪やなぁ」

居心地の悪い沈黙が広がる。いたたまれない気持ちでいると、多鶴は自分自身を吐き出すような大きな溜め息をついた。

「ま、えっか。そのうち誰か見つかるわな。そう思っとこ。くよくよ考えとっても、しゃあないし」

何一つ見えない闇の中に身を投げるかのような思い切りのよさだった。そんな行き当たりばったりの生き方は、誰にでもできるものではない。大胆さに半ば呆《あき》れ、半ば胸を痛めながら多鶴に目を戻す。うっすらと微笑んでいる横顔は、気丈にも直向《ひたむ》きにも見えた。

「典ちゃん、いいとこ案内したるわ」

身をひるがえして話を切り上げ、肩越しにこちらを振り返る。

「さっき野枝さんに、教えてくれって言っとったやろ。あん事や。うちも、ほんまのとこは、よう知らへんけどな。野枝さんに聞いても教えてくれへんで、結局わからんままやった。こんな急に死ぬなんて思わんかったし」

先に立つ多鶴を追いかける。廊下を戻り、階段を途中まで下った中二階の踊り場の壁の前で足を止めていた。

「ここや」

焦げ茶色の壁板の継ぎ目に紛《まぎ》れるように一枚のドアが埋もれている。取っ手のないその片隅を多鶴が軽く押すと、弾けるように手前に開き、暗がりの中に続いている木の階段が見えた。生臭い臭いが立ち上ってくる。鉄分を含んだそれは、確かに血の臭いだった。身が締まる思いで、その薄闇を見下ろす。

「元々は地下室、戦前戦中は貯蔵庫やったんやて。食糧が何より大事な時代で、隠しとかなあかんかったみたいやな」

ここで、いったい何が行なわれていたのか。それが、今まで追いかけてきたものの答なのだろうか。自分はこれから何を知り、どんな結末と向き合うのだろう。

「戦後に野枝さんが改築したって聞いとる。車椅子になってからは、部屋からエレベーターで下れるようにしたねん」

多鶴が足音を響かせて降りていき、下り切った所にあった扉を開ける。消毒臭が流れ出て、鼻を突いた。秩序と理性を感じ、いく分ほっとする。血の臭いよりよほどましだった。

「入って」

中は薄暗い部屋で、天井に近い数ヵ所に鉄格子の嵌《はま》った窓があった。そこから柔らかな陽の光が射し込み、雑然と置かれている様々なものを照らしている。多鶴が電気のスイッチを入れた。

紫色の光が走り、直後に広がって室内が露《あら》わになる。床から壁、天井まで白いタイルが貼られた部屋だった。小学校の時に運び込まれた手術室を思い出す。

交通事故に遭い、救急医に指定されていた外科が老医師のいるその医院だけで、どちらを向いても目に入るのは冷ややかなタイルばかり、ここで自分はこれから何をされるのかと思うと、膨れ上がる不安が痛みを忘れさせるほどだった。後に、タイル張りにしてあるのは手術中に零れたり飛び散ったりする血を洗い流すのに便利だからだと知らされた。

床の片隅に、古い看板が横倒しになっている。厚い檜板に篆書で山下産婦人科と彫られ、汚物入れらしいゴミ箱や、使わなくなった器具と一緒に放置されていた。

隣りには、ガラス扉の付いたスティールのキャビネットと大きな机がある。よく磨かれたガラスの向こうにメスや注射器、鉗子、カテーテル、シャーレ、点滴袋などひと通りの器具と薬剤が並んでいた。今すぐにでも使えそうに見える。机の上には覆《おお》いを掛けた顕微鏡が二台、片方は最新式の電子顕微鏡で、脇にはホルモン検査器とラベルの付いた機械が置かれていた。

一つの空間の中に、朽《く》ちかけたものと真新しいものが交じり合っている。世界中の誰からも見捨てられながら自分だけの力で生き抜いている老人のような部屋だった。

机の横の本棚には、日本語や英語の本が並ぶ。背表紙に印刷されている英字タイトルをスマートフォンで翻訳してみると、全部が生殖医学系の本だった。だがゲノム編集に関するものは一冊もない。

不審に思いながら、日本語の一冊を取り出してみた。医学研究院が発刊した本で、卵子産生培養システムと題されている。概要には、成体マウスの尻尾のiPS細胞から培養皿上で卵子を作成し、受精と出産に成功した世界初の研究と書かれていた。

それらの書籍の一番端に、アーネンエルベのエンブレムが印刷されたあの機関誌を見つける。飛び付いて摑《つか》み出しながら、もう一方の手でスマートフォンを開け、黒木に送ったコピーを呼び出した。戦《おのの》く息で画面が曇り、震える指がページを飛ばし過ぎる。中々、目的にたどり着けず苛々《いらいら》した。逸《はや》る自分を止めたくて目をつぶり、機関誌とスマートフォンをいったん机に置く。数回、深呼吸してから再び手にした。スクロールしながら各ページを引き比べる。一字の違いもなく、紙面の端にできた皺まで同じだった。祖父の書斎にあった機関誌のオリジナルに間違いない。思わず声が漏れた。

「ようやく、だ」

大きな息をつきながらその部屋を見回す。ここが野枝と祖父の計画の拠点なのだ。達成感の中から小さな疑問が泡のように浮かび上がった。ゲノム編集に関する本がないのは、なぜだ。この機関誌に掲載されている古い技術だけでは、成功は覚束《おぼつか》ないだろう。二人がしていたのは遺伝子操作ではなかったのか。

もう一度、本棚を見直す。その時初めて、背表紙に何も書かれていない本がある事に気が付いた。タイトルがないせいで先ほどは見逃したらしい。取り出してみればそれは本のように装丁された外箱で、中に入っていたのはアルバムだった。

開いてみる。立ち上る古い紙の臭いの中に、幼い野枝と祖父が並んでいた。黒い台紙に貼られた書きこみ用のシールに名前と年齢がある。野枝は七五三の祝いらしく晴れ着で、毛皮を敷いた籐の椅子に座り、祖父はその肘掛に小さな手を置き、脇に立っていた。二人とも丸い頬をし、しっかりと口を引き結んで正面を見すえている。

次のページでは、野枝の方が祖父より少し背が高くなっていた。それぞれが一人だけで写った写真もあり、ページを捲《めく》るたびに年を重ねていく。もう死んでしまった二人がこうして過去の時間を生きながら成長している様子に胸を打たれた。

写真はすべてモノクロで白い縁が付いており、室内で撮ったものも戸外でのものもある。野原のそこかしこで花を付けている桜の下に座っていたり、浩々と漲《みなぎ》る水を湛《たた》えた川のそばの大岩に寄りかかっていたり、蓆《むしろ》の上に山のように積み上げた毬栗《いがぐり》の後ろに正座していたり、雪の積もった境内で曲がった松と赤い南天の間に立っていたりして、そのそれぞれに場所と名前、年齢が書かれていた。

野枝は髪を編んで肩に垂らし、また日本手拭で覆《おお》い、あるいは纏《まと》めて後頭部に上げている。服装も振袖、普段着、浴衣、モンペ姿と様々だった。祖父の方は、幼児期と剣道着、柔道着の二枚を除けば一貫して学生服で、どれも真顔、ニコリともしていない。

やがて二人以外の人物が現われる。軍服を着た青年で、階上の部屋にあった肖像画の人物だった。バルコニーに向かって置かれていたあの綴《つづ》れ織りを張った椅子に座り、脇に野枝が立っている。シールには、「出征の兄と」と書かれていた。祖父の姿はない。ひょっとしてこの写真を撮っていたのだろうか。

ではこれまでの二人の写真は、この兄が撮ったのか。出征してどこに行ったのだろう。この家に帰る事ができたのか。ただひたすらこちらを見つめる真っ直ぐな眼差は、何かを問い質しているかのようだった。

終わりのページにたどり着く。そこに貼られていたのは、セーラー服の野枝と学生服の祖父の写真だった。大きな樹の前に並んで立っている。そこから伸びた枝が画面の端を斜めに掠《かす》り、付いている花弁が僅《わず》かに見えていた。花水木だった。

祖父の家の裏庭の、あの花水木か。多鶴と和典が初めて出会った樹の前で、野枝と祖父が写真を撮っていたとは考えた事もなかった。もしあの樹ならば、あるはずの傷を探す。

それは確かにあった。幹全体は二人の後ろにほぼ隠れていたが、傷だけはしっかり見えるようにお互いが体を曲げ、空間を取っているのだった。不思議に思いながら、それをよく見る。今まで傷としか思っていなかったそこに、野枝と祖父の名前が彫ってあった。

この写真だけが二人ともどことなく微笑んでいるのは、樹に刻み込んだ自分たちの未来を確信していたからだろうか。

これを最終ページに貼って過去を纏《まと》め、死ぬまでここに置いていた野枝の気持ちを思う。おそらく祖父との間には将来の約束があったのだろう。出征した兄は、それを見守ってくれた存在だったのかも知れない。もし祖父が無事に大学を卒業していたら、乾燥BCGワクチンの犠牲にならなかったら、その心が絶望に閉ざされる事がなかったら、あるいは兄が帰ってきて説得してくれていたなら、きっと結婚していたのだろう。

「ああ、それ」

多鶴が脇から手を伸ばし、アルバムを取り上げた。

「野枝さんが、よう見てたやつや。うちにも見せてくれて、いい男やろって言っとったん。野枝さんが結婚せぇへんかったんは、この男がおったからやろな」

潤んだ目を、こちらに向ける。

「女はなぁ」

思わせぶりな眼差だった。

「誰かを心に住まわせとると、他の男にゃ目がいかんもんなんよ」

責められているような気分になる。多鶴の不幸に同情し、力になってやりたいと思っていたが、それは自分の負い目や博愛の気持ちからであり、それ以上を催促されたくなかった。不愉快になりながら多鶴の手からアルバムを取り上げ、本棚に戻す。

「あーあ、うちも生涯、独身なんやろかな」

聞えよがしなつぶやきを無視して身を背け、視界の端に映ったベッドを見た。油圧式で上下するようになっており、幅は普通だったが、長さは成人の背丈の半分ほどしかない。あちらこちらに付属器具が付いている所を見ると、医療用のベッドなのだろう。

床の隅には、いく種類かのデュワー瓶が集められている。取っ手の付いたアルミ色のタンクで、表示されているアルファベットを訳してみると、メーカーは違うもののどれも液体窒素だった。

そばには背の高い冷蔵庫のような保存庫がある。扉を開けると、ひんやりとした空気が流れ落ちてきた。高さ五、六十センチほどの白いボンベが三つ並んでいる。それぞれにラベルが貼ってあり、一番端のものには昭和二十二年採取、高野産婦人科とあった。

「高野産婦人科って、知ってるか」

振り返ると、多鶴はいささか膨れっ面で頷く。

「野枝さんの学校の先生が、やってはった医院や。名医で有名だったらしいで。かなり前に亡くなって、医院も閉めたって話やったと思うたけど」

その隣りのボンベには、日付だけしか書かれていなかった。何気なく見ていて、不意に体に力が入る。それは祖父の字だった。東京に出てきた野枝と祖父が出会った日の十五日後、日記に計画スタートと書かれた正にその当日の年月日が記されている。

鼓動が速くなっていくのを感じながら、祖母の話を正確に思い出そうと努めた。野枝から荷物が届いたのが出会いの十日後。その荷物の中には、機関誌のコピーが入っていた。祖父はそれだけを手元に留め、その他の何かを送り返したのだ。その中味は、これだったのに違いない。

ボンベに手をかけ引き出そうとすると、かなり重かった。四十キロを超えているかもしれない。傾ければ、中で何かが微《かす》かに揺らぐ気配がする。入っているのは液体らしかった。上部にある蓋には鍵がかかっている。

「この鍵、どこにあんの」

多鶴は首を横に振りながら短いベッドに腰を下ろした。

「うちは、よう知らんのや」

苛立《いらだ》ちながら、三つ目のボンベに視線を移す。日付の下にこう書かれていた、受精卵。これまで断片的に頭に入ってきていた情報が一気に動き始め、渦を巻くように纏《まと》まっていく。その激しさに目が眩《くら》む思いで、並んでいるボンベを繰り返し見つめた。

一つ目に入っているのは、昭和二十二年に採取された何か。二つ目には、祖父が送り返したと思われる何か。そして最後のボンベには受精卵。

心臓から押し出される血液が音を立てて体中を走り回り、あちらこちらにぶつかりながら猛然と頭に噴き上がってくる。岩穴を駆け抜ける風のようにびょうびょうと音を立てて脳裏を揺さぶった。今、自分が出そうとしている結論に自信が持てない。誰かの裏打ちがほしかった。スマートフォンでボンベの外形とメーカー名を撮影し、小塚に送る。追いかけるように電話をかけた。

「今、送ったボンベ、何だかわかるか」

のんびりとした返事が聞こえる。

「凍結保存容器みたいだね。どれもかなり古いよ。外側はアルミ、内部はたぶんステンレスじゃないかな。液体窒素を入れて使うんだけど、次第に減ってくから年に数回は補充が必要」

床の上に置かれているデュワー瓶に視線を落とす。

「ボンベの中に入ってるのって、液体窒素のみか」

困ったような沈黙が返ってきた。よく考えてみれば、中身が同じ液体窒素だけならデュワー瓶からこのボンベに移す意味がない。相当動揺しているらしい自分に、落ち着けと言い聞かせた。小塚はさぞ呆《あき》れただろう。その頭の中まで手を伸ばし、記憶のリセットボタンを押したい気分で奥歯を噛んでいると、やがて気を取り直したような声がした。

「凍結保存容器は別名、凍結チューブ保存ボンベって言ってね、精子や卵子、受精卵なんかを冷凍保存するための専用容器なんだ」

三つのボンベを繰り返し、なぞるように見つめる。卵子、精子、そして受精卵。野枝は昭和二十二年に高野産婦人科で自分の卵子を取り、その後、祖父に働きかけて精子を送らせ、保存して受精させたのだ。

「液体窒素で凍結しておけば、半永久的に使用できるって言われてる、理論上はね」

保存庫内を見回す。三つのボンベの上に棚があり、アルミ製の冷凍室になっていた。温度の目盛りは零下七十度を指している。貼られたラベルの日付は祖父の死亡日、摘要欄には精巣とあった。泌尿器科の医者を手配したと言っていた水上の言葉に気を奪われ、黙ったまま電話を切る。ついにたどり着いた正解の前で、息ができなかった。

「うちはな」

背後でベッドを叩く音が響く。

「ここで妊娠すんねん」

背中を突かれる思いで向き直った。多鶴はベッドに斜めに座り、前かがみになって両腕で腹を押さえている。まるで大事な荷物でも抱え持っているかのようだった。

「新月に受精させて満月に移植、それが安定するんやて」

父と水上が話していた言葉の意味が、ようやくわかる。

「誰の子かは知らへん。でもうちは産むつもりや。今までどうしても臨月までいかへんかったけど、今度は頑張るねん。外国の代理母出産より役に立つゆう事を証明したる」

決意を込めた目を伏せ、愛おしげに腹部を見回した。

「野枝さんの話じゃ、これまでは移植する前に変性したり、分割が止まったり、破裂したりしたらしいねん。せっかく移植までいっても、代理母がうまく育てられへんかったりとか。そんで受精卵が少のうなってきたんで、これを続けとっても埒が明かんから、手元で全部を管理する事にしたんやて。で、うちに白羽の矢が立った。けど、うちもうまく産めんくって、受精卵が底をついたんや。精子はまだようけあるんやけどな、卵子がないんやて。それで何とか作り出そうとしてはった」

先ほど見た卵子産生培養システムの本に目をやる。それ自体は、マウスを使っての成功例だった。野枝は自分の能力を以てすれば、それを人間に応用させる事ができると考えて研究していたのだろう。

「ところが目ぇ悪うなって、挙句にパーキンソン発症したんで震えもひどくなってきてな、作業できんくなってしもうたん。今うちの腹に入ってるんが、最後の受精卵や」

握り締めていたスマートフォンで黒木に電話をかける。残っている疑問はもう一つだけだった。二人はゲノム編集をしていたのかどうか。していたとすれば、ここにその種の最新情報がないのは不自然だったし、していないとすれば、その研究について書かれた機関誌を双方の手元に置いていた理由がわからない。

「やぁ上杉先生」

黒木の声を聞きながら口を開け、浅くなってきている呼吸を整えた。

「どうしたの」

軽快さを装うために、声をいく分高くする。

「例の機関誌なんだけどさ」

混乱し、興奮していると思われたくなかった。いつも冷静である事、それがカッコいい。

「内容はゲノム編集の事だけか。他には何も書いてないの」

思ってもみない質問だったらしく戸惑ったような声がした。

「ゲノム編集についての記事だけだったって聞いてるよ。もっとも実験報告書だから、そこに至る準備過程についても書いてあっただろうけど。受精卵を大量に使うから、実験前に卵子と精子を受精させて凍結しておく方法とか、その解凍方法とかね」

礼を言い、電話を終えた。視線を泳がせ、野枝が七十年間の夢を広げたその部屋を見回す。それは同時に祖父が資金援助をし、維持継続させてきた部屋でもあった。

十代の終わりから二十代初めという若い時期に軍事教育をされた祖父、勇んで友を戦場に送り、自分は結核菌を接種した結果、病気を抱え、研究者にも医者にもなれなかった祖父が、戦後の民主主義謳歌の中で感じた孤独、激しい咆哮《ほうこう》のように吹き荒んで祖父のすべての力を削いでしまっただろうそれが、この部屋の中にうっすらと谺《こだま》していた。

祖父は、どうやって自分の傷に耐えたのか、そう思った事があった。いったい何に支えられてきたのだろうと。それがこれだったのだ。

野枝に計画を打ち明けられた時の祖父を想像する。医学を専攻してきた野枝と祖父にとって、それは二人で不倫に走るよりずっと自分たちに相応《ふさわ》しいものであったのだろう。野枝は手元にあった機関誌を送り、ゲノム編集の準備段階として凍結卵子と精子による受精を成功させた事例を示した。それが祖父の希望となったのだ。

柳沢謙に復讐をしようとしていたなどと考えた自分の軽率さが、腹立たしい。戦時下に生きた人間は皆それに巻きこまれ、その傷を心身に刻みつけたのだ。柳沢謙にしても、国家のシステムの一つである自分の役割をこなし、戦争に協力したために表彰されたに過ぎないだろう。戦いに人生を踏み躙《にじ》られ、誰よりも国家に不信感を持っていたはずの祖父に、それがわからない訳はなかった。

繰り返し部屋を眺める。祖父と野枝は、ここで自分たちの子供が生まれる事を願っていたのだ。自分たちが生きられなかった自由な日々を、自分たちの代わりに生きてくれる子供を望んだのだった。祖父の孤独は、それによってのみ埋められ、癒やされるものだったのだろう。父もそれをわかったからこそ、迷いながらも中断できなかったのだ。

長年にわたって送金し、最後には精巣を取らせて送った祖父の頭にあったのは、飛び抜けた優秀さを持つ野枝なら必ず成功するという思いだったに違いない。野枝自身も、自分の卵子が尽きてもシャーレの中で卵子産生培養は可能だと確信していたのだろう。若かった二人が計画を思い描き、着手した時、老いは計算外だったのだ。

「あ、ちょっとヤバい」

多鶴が浮き上がるような声を上げる。

「来そう」

宙に放たれた視線は微動もしない。自分の内に湧き起こる変化に気を呑まれているようだった。

「やば、マジで来る」

スカートから出ている白い脚の内側に沿い、粘りのある薄茶色の粘液が流れ落ちてくる。まるで鶏卵でも潰したかのようだった。何が起こっているのかよくわからず、目を見張る。

「やっぱ、そや」

多鶴は慌《あわ》ててベッドから降り、床に尻を落として体を安定させた。

「切迫流産か早期流産や。これからたぶん出血するねん。いつもは、それ測るんやけど、二リットルくらい出る時もあって、医者の晶ちゃんでも焦《あせ》りよる」

いきなり飛び出した父の名前が、他人のもののように鼓膜を揺すった。ちゃん付けは、おそらく野枝がそう呼んでいたからだろう。

「測った後は、庭に運んで埋めるんや。野枝さんだと手際がええけど、晶ちゃんは途中の階段でよくぶちまけよる。震えとるせいや」

最初の疑問、ずっと追ってきた謎の答が今、目の前に静かに差し出されていた。

「野枝さんの手がきかんようになってから、移植も手当も全部、晶ちゃんがやっては る。流産の後の掻爬《そうは》もや。野枝さんが指示出しながら始末させるん」

染み出す液体は量を増す。饐《す》えたような臭いがあたりに漂い、鼻から流れこんできた。鼻孔の内側に粘りつき、這《は》い下りるように体中に広がっていく。

「二週間前も、こないなって、でも流産までいかんとキープできたんやけど今度はなんか、きつい」

逃げ出したい思いと、踏み止まって何とかしなければという気持ちが忙《せわ》しなく交錯した。

「なぁ典ちゃん、うち、今度こそちゃんと産みたいねん」

髪の振りかかる頰は血の気を失い、唇は土色になっている。それらが、瞳に浮かんだぼんやりとした光に真摯な影を投げかけていた。

「子供ってな、男と女のそれまでの人生が一つになってできるもんなんやで。何か事情があってうまくいかへんかった男と女が、うちの中で今一つになっとるねん。どうしても産んでやりたい。産まんと、野枝さんだってかわいそうや。えらい一生懸命やったからな。これに人生をかけとった。それ見てて、うちも気ぃ入れて頑張らなあかん思うたねん」

額に浮かぶ油汗が落ち、ゆっくりと顳顬《こめかみ》を流れる。

「養女になる前は、誰かのために何かするなんて考えた事もあらへんかった。頭ん中にあったんは、何が得で、何が損か、そんな事ばっかや。養女になったんも、財産目当てやったしな。けど一緒に暮らすようになって毎日、野枝さん見とったら、一心不乱や。そんでうちに向かって、頼りに思っとるのはタズだけや言うねん。タズだけがこれを成功させてくれるって。ほんでうち、自分の出番を見つけたような気がしてん。野枝さんにとってうちは、えろう価値のある人間なんや。そう感じてうれしかった。こういう時に、目いっぱい気張らなあかん。気張りがいがあるはずやって思うようになってん」

熱力学の法則が頭を過ぎる。第一法則、外部から物体に加わった仕事と熱量の和は、内部エネルギーの増加に等しい。第二法則、熱は高い方から低い方へと流れる。人間の情熱も、それに従うのだろうか。

「晶ちゃんも、今までうちが出会った誰よりも気ぃ遣ってくれて、いつも聞いてくれよる、気持ちは変ってないかって。うちが止めたくなったら、いつでも止められるんだよって。でもうちは、止めたいなんて思ったこと一度もありゃせん。これはもう、うちの生甲斐なんや」

野枝の胸で生まれた熱が多鶴を経て力を強め、こちらに向かって噴き出してくる。真面《まとも》にそれを浴びながら、逃げ出したい気持ちが焼き尽くされるのを感じていた。焦《こ》げ落ち、すっかり固まったその上に立ち上がる。

「俺にできる事あるか。何でもするから言って」

抱き起こすと、多鶴は力の抜けた目でこちらを仰いだ。

「これ、何とかせんとあかんねん。晶ちゃん呼んでくれへんか。晶ちゃんなら、薬から何から全部わかっとる。はよ呼んで」

指が縺《もつ》れそうなほど急いでスマートフォンをタップする。呼び出し音が響くものの、父は出なかった。運転中か、それとも仕事中か。他に連絡を取る手段は、自宅か医院の固定電話しかない。アプリを起動させ、父の居場所を確認した。自宅だとすれば、母が在宅で電話に出る可能性がある。何も言わずに出かけた事を責め、緊急事態だと言ってみても、自分が納得するまで父に代わらないに決まっていた。危ぶみながら運命が決まる瞬間を待つ。やがてアプリが医院を指した。神の恵みだと思いつつ電話をかける。看護師が出て、すんなり父を呼んでくれた。

「わかってるだろうけど、患者が待ってるんだ。何」

こっちも患者なんだと思いながら片手で多鶴の汗をぬぐう。

「山下多鶴が、流産か切迫流産だって言ってる。晶ちゃん呼んでって」

電話の向こうの空気が、一気に張り詰めた。

「野枝さんは、何してる」

声は困惑を孕《はら》み、上ずっている。

「何て言ってるんだ」

死んだと答える。父は、すべてが潰《つい》えたかのような深い息を漏らした。

「それじゃ、もうとても無理だ」

引いていく波さながらに力の抜けた口調だった。

「一人じゃ手に負えない。専門外だし、責任が持てないな」

そんな事を言われるとは思ってもみなかった。ここにきて投げ出す気か。祖父も野枝もいない今、父が手を引いたら多鶴はどうなる。

「じゃ、どうすんだよ」

父には、卑怯で打算的な面があるのだろうか。多鶴の身を案じていながら、己の立場が絡《から》むと遁走《とんそう》か。先ほど自分の心を過ぎったと同じその気持ちが、父の中にもあるのかも知れないと思いながら、それを認めたくなかった。

「何とかしろよ」

多鶴は床の上で、造り酒屋の軒に下がる杉玉のように丸くなっている。広がる粘液の中には赤さが混じり始めていた。

「ここまで関わった責任があるだろ」

父を追い立てる声が、縋《すが》るような響きを帯びる。頼む事しかできない自分の無力さが堪《たま》らなかった。

「何とかしてくれよ」

苛立《いらだ》ちながら、ふと考える、本当に自分には何もできないのだろうか。荒い息をつく多鶴に目をやり、その中に宿る野枝や祖父の熱を思った。それらに焼かれた自分の胸にも同じ熱さと力があるのではないか。それを尽くせば、何とかできるのではないか。

祖父と野枝の願いの籠った部屋の中に横たわる多鶴は、二人の夢を抱えているようなものだった。何とかしなければならない。

煮え切らない父にしがみ付いていても、見通しが立たない事は明らかだった。どの時点かで見切りをつけるしかない。だが自分一人でどうすればいいのか。多鶴を助けられるだけの知識はなかった。

記憶の底から、野枝の部屋にいるはずの看護師の姿が浮かび上がる。その力を借りようと思い立ち、ここで父を切ろうという気になった。もういいよ、と言おうとしたとたん、重い声が聞こえる。

「取りあえず救急車だな。妊娠している事を話せば、適切な処置をしてくれる」

初めてそれに気付いた。気が回らないほど泡を食っていた自分を笑うしかない。

「これからすぐそっちに向かうから、それまで頼む」

初めからそのつもりだったのだろうか。逃げると思い込んだのは、自分自身の心にあったそれが増幅しただけか。

「任せて大丈夫か」

まだ残っている動揺を、すかさず抑え込む。

「もちろん」

からかうような笑いが響いた。

「軽く言ってるな。ほんとに大丈夫か。万が一の時には、子供と母体どっちを助けるのかと聞かれるぞ」

重すぎる問いに、喉が干上がる。答えられなかった。

「取りあえず母体優先だが、子供もできうる限り助けてほしいと言っておけ」

この妊娠を、父はどう思っているのだろう。これは失われたものを取り戻そうとした祖父と野枝の計画であり、二人の心の支えで、かつ癒やしでもあったのだ。多鶴にとっても、自分の存在意義を感じさせてくれる大事なものだろう。だが父にとってはどうなのか。

「産む事に賛成なの、反対なの」

慎重な答が返ってきた。

「僕の気持ちなんか問題じゃないだろ。当事者は父と野枝さん、それに多鶴だ。三人の思いが変わらないなら、協力するしかない。おい救急車、急げよ」

7

救急車は間もなく来たが、救急隊員や病院関係者に多鶴が妊娠していると告げる度《たび》に、おまえが父親かという目で見られ、閉口した。

その夜は、病院の廊下の長椅子で明かす。野枝と祖父の子供が生まれれば、父にとっては弟か妹、和典にとっては叔父か叔母だった。

その面差しを考えてみる。男児の七十パーセントは母親に似て、女児の同パーセントは父親に似るという統計があったはずだった。祖父の顔を思い浮かべ、厳めしいながらも端正なその骨格に、祖母から聞いていた野枝の潤んだような目を追加する。美少年美少女で、何となく満足した。

　多鶴は一人で育てられるのだろうか。経済的には問題ないのだろうが、金だけで子供は育たない。父が引き取り、上杉の籍に入れる事もあり得た。もし家に連れてくるなら、当然ながら多鶴も一緒だろうし、和典は彼女や、十七歳も年下の叔父か叔母と同居する事になる。母はおそらく大反対し、大いに喚《わめ》き立てるだろう。騒然とする家の中を想像するだけで頭が痛くなった。

　だが確かに命は大切だし、子供には幸せになる権利がある。多鶴が自分の経験から、父親もほしいと思っているのならその方がいいだろう。

　ふと、子供の世話をしている自分の姿を思い浮かべる。知らず知らず、多鶴との結婚を視野に入れているのかも知れなかった。今、父親になるのはまずいだろう。そこから気持ちを引き離そうと必死になる。なればなるほど離れなかった。

　やがて夜間担当医が姿を見せる。和典しかいないのを不審に思った様子だったが、親は今こちらに向かっていると説明し、多鶴の状態を聞いた。

「母体は問題ありません。今、よく眠っています。入院については、明日の診察と検査次第です。お子さんの方は、残念ですが助かりませんでした。お気の毒です」

突き当たっていた問題が突然、四散し、あたりの空気が急に薄くなった。立ち去る医師を見送る。以前に多鶴は庭の墓石を見て、皆、風になったと言っていた。最後の子供もまた同じ道をたどったのだ。

祖父が死に、後を追うように野枝も死に、子供もそれに付き従ったと考えると、それらの死が一つの扉を閉ざしていくのが見えるような気がした。鍵のない密室の扉だった。

祖父の書斎にひっそりと並んでいた大学ノート、おそらくもう誰も手にする事のないだろうその列を思い浮かべながら、いつの間にか眠り込む。気が付いた時には、隣りに父の姿があった。なぜ和典が長崎にいるのか、どうして野枝や多鶴に接触したのかなどとは聞きもせず、ただ黙って肩を並べて座っていて、やがて言った。

「死んだら星になるというのは」

いく分、疲れた口調だった。

「永遠に手が届かなくなるという意味において、正しいな」

父が搭乗券を保管していたのは、祖父にはっきりと見える形で長崎往復を知らせ、安心させたかったからだろう。祖父と父、口が重い同士で一瞬にしてわかり合える最良の方法だったのだ。和典が父を知ろうとしてこの謎を追いかけ始めたように、父も自分の父親というものを知りたくて、その頼みに応じたのだろうか。

知りたいと望むのは、理解したいからだ。それは愛情に起因する。あの日、自分を抱きしめた腕を思い出しながら、日頃、素っ気なく冷ややかな父の胸底に埋もれているものの熱さを想像した。

白々と夜が明けていき、鳥が騒ぎ始め、朝刊を配るスクーターの音が響く。清掃会社の職員が床を掃除し出し、夜勤の医師や看護師が引き上げていき、病院内は次第に朝の顔に変わった。やがて患者たちがやってきて、診察が始まる。

父は多鶴の身元引受人を買って出て、病院の事務室に呼ばれていった。和典は病室に入る。多鶴は仕事をやり遂げた人間のように、ぐっすりと眠っていた。脱皮する蟬を思い出しながら、新しい世界に飛び立ってくれることを願う。

多鶴が守ろうとしていたものは失われ、その努力は徒労に終わった。だが時間はまだある。また新しいものを見つけ、守るべきものにも巡り会えるだろう。

病室から出て廊下で待っていると、間もなく父が戻ってきた。

「手続きがあるから、しばらくここにいなきゃならないけど、おまえは帰っていいよ」

軽く言いながらスマートフォンを出し、フライト時間を検索する。

「次の便に、空席がある」

横顔は穏やかだった。これまで迷いながら踏み切れずにいた選択を免《まぬか》れ、ほっとしているようにも見える。以前に多鶴が、和典はどこか狡《ずる》いと言っていた。父から受け継いだ気質なのだろうか。何だかおかしくなる。

「おまえの母親の事だが」

笑いを含んでいる和典を見て父は訝《いぶか》しげだったが、理由を聞いたりはしなかった。

「現状、二人で姿をくらませた形だ。今頃、激怒してるぞ。帰ったら何て言うか口裏を合わせとこう」

用意周到、冷静沈着が持ち味なのにも拘《かかわ》らず、多鶴の出血に慌《あわ》てたのはなぜだろう。日頃、大量の血に接していないからか、あるいは血そのものが嫌いなのか。それで外科を選ばなかったのだろうか。

「あのさぁ、なんで外科医にならなかったの」

唐突だったらしく、父は一瞬、言い淀んだ。自分の内を探っているようなその顔を注視しながら、答を待つ。やがて瞬きをし、逃げるようにスマートフォンに視線を落とした。

「気が小さいから、かな」

思わず笑う。また一つ、父がわかった。

「きっとそうだね」

頭を小突かれながら、今、手に入ったばかりの父の欠片《かけら》を胸に押し込める。自分はどこまで父を集める事ができるだろう。それらが全部そろった時、胸の中の父は寸分の隙もなく現実と重なるのだ。和典は父を獲得し、それによって母の支配の一部を打ち砕くだろう。

終章　エッジエフェクト

小さな窓から、雲の下に隠れつつある街を見下ろす。祖父は人生の多くの時間を東京で生き、死んでいった。だがその思いは、この街のあの部屋から離れる事がなかったのかも知れない。では祖母や自分たちと一緒に過ごしていた祖父は、抜け殻のようなものだったのだろうか。

いや、和典が学校で友人とうまくいかないと知り、気遣ってくれた。それはきちんと家族に目配りをしていた証拠だろう。それだけで充分だと思いながら、かけがえのないその思い出を心で繰り返し温める。

瞬間、自分の背後に祖父が立っているような気がした。その両腕が伸び、体を包みこむ。

息を呑みながら振り返ったが、誰もいなかった。

たぶん心にいるのだ。もうどこにも行かない。祖父の人生は終わり、その生と死は和典の心で一つになったのだった。これからは語らう事もできるだろう。

機内案内で、電子機器の使用許可が出る。まず石田にメールを打った。多鶴の体調のみを説明し、見舞いの電話をかけてくれるよう頼む。詳しくは本人に聞いてくれと書き添えた。

次に小塚に電話をする。昨日、情報を提供してもらいながら礼も言わずに切ってしまった事を詫《わ》びようと思った。

「ああ上杉か」

いつになく沈んだ様子だった。

「ごめん。今、話す気分じゃないんだ」

小塚にしては珍しい。つい自分の目的を忘れた。

「わかった、すぐ切る。原因だけ教えろ」

大きな溜め息が聞こえる。

「小天狗蝙蝠《こうもり》っているんだけどね、体重が四グラム前後で、雪の中でボールみたいに丸まって冬眠するんだ。すごくかわいいんだよ。去年、北海道に行った時、群れから逸《はぐ》れてた一匹を見つけて、連れ帰ってきたんだけど、そろそろ冬眠から覚める頃だと思って、さっき小屋に様子見にいったら、死んでたんだ。触ると、いつもならふわっとして温かいのに、冷たくて固いボールになってた」

震える声が収まるまで待つ。その間に慰めの言葉を考えた。

「おまえの心で生きてるよ。名前でも付けて、大事にしてやるんだな」

返ってきたのは沈黙だった。対処に困り、こちらも黙り込む。やがて我に返ったような声がした。

「上杉の非科学的発言、初めて聞いた。何かあったの」

スマートフォンがメールの着信を知らせる。若武だった。小塚を待たせてそれを開く。

「いつ神戸から帰るんだよ。いい加減に帰れ」

若武への対応を忘れていた事に気づき、急いで返信した。

「今、長崎だ。そのうち帰る。大人しく待ってろ」

卓球の球でも打ち返すように返事がきた。

「もういい、日本中回ってろ。帰ってくるな」

笑いながら画面を閉じ、電話に戻ると小塚から言われた。

「昨日、黒木から連絡あってね、ライブ行こうって誘われたんだ。彼女が出演するみたい。僕、人混みや大きな音は苦手だけど、エッジエフェクトだと思って行くことにした」

確か昨年の夏休みに、その言葉を聞いた気がする。小塚に電話をかけたら、大井川の河口にいたのだった。

「今、プランクトンの採集中なんだ。海水と淡水が混じり合っている場所で大量繁殖するんだよ。それで食物連鎖が始まり、生物の楽園が誕生する。生態学でいうエッジエフェクトだね。異なる環境が触れ合う場所は、あらゆる生命を成長させるんだ」

ライブハウスの暗がりで、小塚も成長するのだろうか。その変化に興味を持ちながら、このところの自分もエッジエフェクトにいたようなものだったと思う。成長はあったのか。

「一緒に行こうよ」

昨日よく眠れなかったせいで、頭がぼんやりしていた。自分が誘われているのか、それとも誘われたいと思っているのか、はっきりしない。

「考えとく」

電話を切り、ポケットに突っこんで腕を組んだ。眠ろうとしてシートの背に体を凭《もた》せかける。ヘッドレストに触れた頭部に、野枝の手の感触が甦《よみがえ》った。

いったい誰の頭を撫でていたのだろう。撫でるという行為には、愛おしむ感じが纏《まつ》わっている。野枝の目には誰が映っていたのか。ひと筋零れた涙を思い出しながら眠りに落ちる。枯葉のような手が、そっと頭を撫でていた。

《完》

書下ろしエッセイ「父について」

藤本ひとみ

今、庭にある梅の木は、最初は盆栽だった。

父の誕生日が二月一日で、私が贈った小さな梅の木を、父がいつの間にか庭に下ろしたのだった。今では、私の肩の高さほどになっている。

父は無口だった。長野県下伊那の村に生まれ、小さな頃から山が好きで、南アルプスは自分の庭も同然、その各岳はもちろん、県内の山はほとんど制覇したという話だったが、それを語る事もなく、何かの折に父の兄弟から聞いた。

赤石岳に登り、下山予定日になっても戻らないので、一日様子を見たものの帰らず、台風の来襲となったため捜索隊の手配をしている時に、ようやく姿を見せた。それも母から聞いた事だった。

親戚中が猛然と説教し、まだ三十歳前だった父に、二度と山には登らないと約束させた。父は生涯それを守ったが、それ以降ますます無口になったようだった。

小さな頃、私は、よく父のアルバムをめくった。錦織りで装丁された小型のアルバムで、隅の二ヵ所に白いリリアンの飾りが付いており、美しかった。そこに入っている様々な父の姿を見るのが好きだった。

多くは山で撮ったもので、他には剣道や柔道の大会、職場の旅行などがあったが、その中に数枚、変わった写真が交じっており、見るたびに目を引かれた。

そこにいる父は十代終わりか二十代初めで、場所はどこか施設の内庭らしく、後方に松の樹の一部と、塀が見える。父は白衣を着て笑みを浮かべており、写真の下には本人のサインが斜めに入っていた。書きなれた感じのヘボン式で、流れるような筆記体だった。やはり白衣姿の若い女性たちに囲まれている一枚もある。

父に尋ねても、他の事と同様、返ってくるのは沈黙だけとわかっていたので、母や親戚に聞いてみた。

それによれば、父は勉強がしたくて東京に出て、在京していた兄の下宿に身を寄せたものの、大学在学中に第二次大戦が始まり、当時デンケンと呼ばれていた伝染病研究所で柳沢博士の下に入ったとの事だった。

結核を予防するＢＣＧは、既に世に出ていたが、戦時中は使い勝手がよくなかったため、乾燥ＢＣＧの開発が急がれており、それにかかわっていたのが柳沢博士だった。

これが完成に近づき、人間を使っての様々な実験が行われた。父はそれに参加し、生の結核菌を体に植えられたのだった。

参加者の若い看護婦さんの中には死者も出て、父も発病し、兄の下宿で療養していたものの生活の当てもなく、先の見通しもたたなかったため、やむなく田舎の実家に戻ってきた。

乾燥ＢＣＢは完成にこぎつけ、柳沢博士は名誉を得たが、父の人生は大きく曲がった。誰の助けも得られず、病身で生活を立てていくのは大変だったと祖母が明かしてくれた。

もっともその中で、父は母と見合いをし、養子に入るという形で結婚して私が生まれたのだから、父が病を得て帰省してこなかったら、今の私はなかっただろう。

毎年、梅の季節に父の誕生日を迎える。無私で、自分の利益を意に介さなかった父は、多くの人から好かれ、慕われたが、健康には無頓着で、当時の男性の平均寿命まで生きられなかった。私は親しむ事ができないまま、父を送る事になったのだった。

無理にでも話をしておけばよかったと、梅の木を見るたびに思う。

気持ちを口に出さなかった父は、その心の底にどんな望みを持っていたのだろう。
日々、何を考え、何を求めて生きていたのか。
私は、父の生涯に、少しの光でも投げる事ができていたのだろうか。

藤本ひとみの作品リスト

ミステリー・歴史ミステリー小説

『失楽園のイヴ』講談社
『密室を開ける手』講談社
『数学者の夏』講談社
『死にふさわしい罪』講談社
『青い真珠は知っている　KZ Deep File』講談社
『桜坂は罪をかかえる　KZ Deep File』講談社
『いつの日か伝説になる　KZ Deep File』講談社
『断層の森で見る夢は　KZ Deep File』講談社
『見知らぬ遊戯　鑑定医シャルル』集英社
『歓びの娘　鑑定医シャルル』集英社
『快楽の伏流　鑑定医シャルル』集英社
『モンスター・シークレット　鑑定医シャルル』集英社

『聖アントニウスの殺人』講談社
『聖ヨゼフの惨劇』講談社
『大修院長ジュスティーヌ』文藝春秋
『貴腐　みだらな迷宮』文藝春秋
『令嬢たちの世にも恐ろしい物語』集英社

日本歴史小説

『幕末銃姫伝　京の風　会津の花』中央公論新社
『維新銃姫伝　会津の桜　京都の紅葉』中央公論新社
『会津孤剣　幕末京都守護職始末』中央公論新社
『壬生烈風　幕末京都守護職始末』中央公論新社
『士道残照　幕末京都守護職始末』中央公論新社
『火桜が根　幕末女志士　多勢子』中央公論新社

西洋歴史小説

『侯爵サド』文藝春秋

『侯爵サド夫人』文藝春秋
『バスティーユの陰謀』文藝春秋
『ハプスブルクの宝剣』［上・下］文藝春秋
『令嬢テレジアと華麗なる愛人たち』集英社
『マリー・アントワネットの恋人』集英社
『皇后ジョゼフィーヌの恋』集英社
『ブルボンの封印』［上・下］集英社
『ダ・ヴィンチの愛人』集英社
『ノストラダムスと王妃』［上・下］集英社
『暗殺者ロレンザッチョ』新潮社
『コキュ伯爵夫人の艶事』新潮社
『エルメス伯爵夫人の恋』新潮社
『聖女ジャンヌと娼婦ジャンヌ』新潮社
『マリー・アントワネットの遺言』朝日新聞出版
『ナポレオン千一夜物語』潮出版社
『ナポレオンの宝剣　愛と戦い』潮出版社

『聖戦ヴァンデ』〔上・下〕角川書店
『皇帝ナポレオン』〔上・下〕角川書店
『王妃マリー・アントワネット　青春の光と影』角川書店
『王妃マリー・アントワネット　華やかな悲劇』角川書店
『三銃士』講談社
『新・三銃士　ダルタニャンとミラディ』講談社
『皇妃エリザベート』講談社
『アンジェリク　緋色の旗』講談社

恋愛小説

『いい女』中央公論新社
『離婚美人』中央公論新社
『華麗なるオデパン』文藝春秋
『恋愛王国オデパン』文藝春秋
『快楽革命オデパン』文藝春秋
『鎌倉の秘めごと』文藝春秋

『恋する力』中央公論新社
『シャネル CHANEL』講談社
『離婚まで』集英社
『綺羅星』角川書店
『マリリン・モンローという女』角川書店

ユーモア小説

『隣りの若草さん』白泉社

エッセイ

『マリー・アントワネットの生涯』中央公論新社
『マリー・アントワネットの娘』中央公論新社
『天使と呼ばれた悪女』中央公論新社
『ジャンヌ・ダルクの生涯』中央公論新社
『華麗なる古都と古城を訪ねて』中央公論新社
『パンドラの娘』講談社

『時にはロマンティク』講談社
『ナポレオンに選ばれた男たち』新潮社
『皇帝を惑わせた女たち』角川書店
『ナポレオンに学ぶ 成功のための20の仕事力』日経ＢＰ社

新書
『人はなぜ裏切るのか ナポレオン帝国の組織心理学』朝日新聞出版

数学の天才、

愛を解けるか⁉

死にふさわしい罪

神戸の須磨にやってきた上杉和典は、平家落人伝説の地に住む往年の人気漫画家と、その姪の気象予報士に出会う。十三夜の月が出ていた晩に失踪したという彼女の夫の行方をめぐり、謎にいどむ天才高校生がたどり着いた真実とは？

本書は小社より二〇一九年七月に刊行されました。

|著者|藤本ひとみ　長野県生まれ。西洋史への深い造詣と綿密な取材に基づく歴史小説で脚光を浴びる。フランス政府観光局親善大使を務め、現在AF（フランス観光開発機構）名誉委員。パリに本部を置くフランス・ナポレオン史研究学会の日本人初会員。ブルゴーニュワイン騎士団騎士。著作に、『皇妃エリザベート』『シャネル』『ハプスブルクの宝剣』『皇帝ナポレオン』など多数。

密室《みっしつ》を開《あ》ける手《て》

藤本《ふじもと》ひとみ

2022年12月15日第1刷発行

発行者──鈴木章一
発行所──株式会社　講談社
東京都文京区音羽2-12-21　〒112-8001
電話　出版（03）5395-3510
販売（03）5395-5817
業務（03）5395-3615

Printed in Japan

講談社文庫
定価はカバーに
表示してあります

KODANSHA

デザイン─菊地信義
本文データ制作─講談社デジタル製作
印刷───凸版印刷株式会社
製本───株式会社国宝社

ISBN978-4-06-530258-3

講談社文庫刊行の辞

二十一世紀の到来を目睫に望みながら、われわれはいま、人類史上かつて例を見ない巨大な転換期をむかえようとしている。

世界も、日本も、激動の予兆に対する期待とおののきを内に蔵して、未知の時代に歩み入ろうとしている。このときにあたり、創業の人野間清治の「ナショナル・エデュケイター」への志を現代に甦らせようと意図して、われわれはここに古今の文芸作品はいうまでもなく、ひろく人文・社会・自然の諸科学から東西の名著を網羅する、新しい綜合文庫の発刊を決意した。

激動の転換期はまた断絶の時代である。われわれは戦後二十五年間の出版文化のありかたへの深い反省をこめて、この断絶の時代にあえて人間的な持続を求めようとする。いたずらに浮薄な商業主義のあだ花を追い求めることなく、長期にわたって良書に生命をあたえようとつとめるところにしか、今後の出版文化の真の繁栄はあり得ないと信じるからである。

同時にわれわれはこの綜合文庫の刊行を通じて、人文・社会・自然の諸科学が、結局人間の学にほかならないことを立証しようと願っている。かつて知識とは、「汝自身を知る」ことにつきていた。現代社会の瑣末な情報の氾濫のなかから、力強い知識の源泉を掘り起し、技術文明のただなかに、生きた人間の姿を復活させること。それこそわれわれの切なる希求である。

われわれは権威に盲従せず、俗流に媚びることなく、渾然一体となって日本の「草の根」をかたちづくる若く新しい世代の人々に、心をこめてこの新しい綜合文庫をおくり届けたい。それは知識の泉であるとともに感受性のふるさとであり、もっとも有機的に組織され、社会に開かれた万人のための大学をめざしている。大方の支援と協力を衷心より切望してやまない。

一九七一年七月

野間省一